Artículos

~~Antonio~~ Muñoz Molina

[!]

Antonio Muñoz Molina

DIARIO DEL NAUTILUS

PLAZA & JANÉS EDITORES, S.A.

DeBOLS!LLO

Diseño de la colección: egg design
Diseño de la portada: egg design
Fotografía de la portada: Bernardo Pérez/*El País*

Primera edición en bolsillo: febrero, 2002

© 1986, Antonio Muñoz Molina
© 2002, Plaza & Janés Editores, S. A.
  Travessera de Gràcia, 47-49. 08021 Barcelona

Queda rigurosamente prohibida, sin la autorización escrita de los titulares del «Copyright», bajo las sanciones establecidas en las leyes, la reproducción parcial o total de esta obra por cualquier medio o procedimiento, comprendidos la reprografía y el tratamiento informático, y la distribución de ejemplares de ella mediante alquiler o préstamo públicos.

Printed in Spain – Impreso en España

ISBN: 84-8450-892-7
Depósito legal: B. 2.245 - 2002

Fotocomposición: Zero, S. L.

Impreso en Novoprint, S. A.
C/. de la Tècnica, s/n
Sant Andreu de la Barca (Barcelona)

P 808927

A Juan Vida

ÍNDICE

La memoria en donde ardía 11
Play it again, Julio 15
La hora que nunca existió 19
Luna de los escaparates 23
La ínsula más extraña 27
Los libros y la noche 31
El maleficio de los nombres 35
Nunca vi Granada 39
Antifaz 43
El teléfono del otro mundo 47
Donde habite el olvido 51
Los ojos abiertos 55
Desolación de una quimera 59
Bestiario submarino 65
Como mueren los héroes 69
Las ciudades extranjeras 73
Los dioses del mar 79
Umbral de la pintura 83

El libro secreto	87
Manuscrito hallado en una oficina	91
Orfeo Nemo	95
Microscopio y espanto	101
Estética de la ceniza	107
Más allá de este muro	111
Las ciudades provinciales	115
Decadencia del crimen	119
Exageración de mi paraguas	123
Para volver a las ciudades	127
Yermo y Museo de las Ánimas	131
Máscara de la luna	135
La bicicleta de los sueños	139
Los pájaros	143
Los ojos de Velázquez	147
Oh luna compartida	151
Invitación a James Joyce	155
Dedicatoria	159

LA MEMORIA EN DONDE ARDÍA

Dice la literatura que cuando el amor queda amputado por la muerte suele convertirse en delicada o acaso en violenta necrofilia, porque el amante a quien corresponde la injusticia de sobrevivir no se resigna a la desesperación y al olvido y quiere traspasar el límite de sombra donde los griegos situaron el río que no tiene regreso. Edgar Allan Poe, indagador de espantos, imaginó la fábula del enamorado que socava la tierra y viola la tumba donde reposa su amada para recobrar como un tesoro los dientes que alguna vez fueron la sonrisa de la bella Berenice. El viaje abisal de Orfeo en busca de Eurídice encierra, como todos los mitos, una metáfora medular del conocimiento y de la rabia que impulsa a los hombres a renegar de la desdicha, pero es también una advertencia de que ni siquiera con las armas luminosas del Arte es posible vencer las leyes que nos condenan a la sinrazón del tiempo y de la muerte. Tal vez fue la derrota de Orfeo lo que decidió a otros amantes, en siglos posteriores, no a descender a los infiernos para rescatar al amado y devolverlo a la vida, sino a compartir su misma suerte eligiendo el suicidio como última lealtad.

Tales extremos de la osadía o la locura se apaciguan a veces en el culto secreto a las fotografías de los muertos o en esas conmemoraciones de una hora o de un día o de una calle donde en otro tiempo sucedió un cuerpo, una caricia, una mirada aún no disuelta en la disgregación del olvido. «Para tan largo amor, tan corta vida», escribió Camoens, y don Francisco de Quevedo dio forma para siempre a esa inútil rebelión en un soneto prodigioso donde las cenizas de un amante quedan convertidas no en reliquias, sino en señales vivas de la pasión que lo alentó.

Por caminos que tal vez prescinden del azar, pero no del misterio, las palabras de Quevedo acaban de revivir en la última página de un periódico que cuenta la historia de una muchacha francesa que quiere ser fecundada por el semen póstumo y congelado de su amante, que hace un año murió en un accidente de automóvil. Dicen quienes la conocen que es una mujer muy hermosa, pero en las fotos que acompañan la narración de su desvarío sólo se advierten los grandes ojos atentos, las deslumbradas pupilas y los labios firmes de quienes obedecen a una fiebre que desborda su razón y su vida, pues ella se alimenta no sólo de la memoria, sino también del desigual combate contra el tiempo, contra las oficinas y las leyes que le niegan, como a todos los hombres, el derecho a la felicidad o a la elegida locura.

Cuando alguien muere, su presencia se prolonga, más que en los recuerdos o en las fotos, enseguida infieles, en los objetos que le pertenecieron, en los espejos que alguna vez miró. No hay nadie que se vaya del todo y para siempre, y acaso eso es una maldición para los que sobreviven, pero a Simone, que así se llama esta muchacha indomable, su amante le dejó una aciaga herencia que la obliga a andar perdida entre los vivos y los muertos, porque anhela recibir el esperma de un cadáver que a lo mejor concibe en ella al primogénito de una estirpe de fantasmas. Como en los mitos antiguos, la muerte no es el final del viaje, sino una estación de tránsito de la que Simone quiere regresar ungida, como algunos héroes, por esa serenidad de quienes han vencido la esperanza y el miedo.

Pero para abrazar al amado no tiene que cavar de noche en su sepultura ni subir a la barca donde viajan silenciosamente los difuntos. Le bastaría, si las leyes y el escarnio y el estupor de los funcionarios y los jueces no se lo prohibieran, cruzar las puertas posiblemente encristaladas del hospital donde se guarda el breve fruto allí exhalado por su amante, no en copa de bronce ni en labrado relicario, porque la ciencia moderna excluye la poesía, sino en una módica probeta y en el interior de una cámara frigorífica. Tal vez el tiempo y la obstinada realidad la vayan socavando hasta sembrar en ella la costumbre de la postergación y el olvido. Pero si no cede en su empeño y alguna vez alcanza la satisfacción de su deseo, convirtiéndose en súcuba feliz de una reliquia rediviva, las congeladas cenizas que aniden en el vientre de Simone habrán hecho cumplirse el veredicto de Quevedo. Polvo serán, mas polvo enamorado.

PLAY IT AGAIN, JULIO

Ciertos teólogos paganos adictos a los misterios del platonismo sostienen que cuando la belleza alcanza un grado sumo de perfección impasible se convierte en atributo o indicio de la santidad. Así debió entenderlo el emperador Adriano, que pobló sus reinos de ciudades y templos consagrados a la hermosura de Antinoo. Así, sin duda, lo ha entendido ese párroco romano que en estos días anda recogiendo firmas para solicitar del Vaticano la beatificación de la princesa Gracia de Mónaco, que se llamó Grace Kelly en el siglo y en las carteleras de los cines. Antes de acceder al satinado Olimpo de las revistas del corazón, Grace Kelly había pertenecido, como la dulce Ingrid Bergman, a ese linaje de rubias cándidas y frías y veladamente sabias que dio al cine la mirada de Alfred Hitchcock, oculta, como su inteligencia, tras la pupila redonda y el ojo de cristal de una cámara espía. Tras ella escondía Hitchcock su ternura de gordo resignado y mirón que se complace en asediar impunemente esos cuerpos elegidos cuya misma perfección, como un velo de celuloide antiguo o de niebla iluminada, nos los prohíbe a los mortales.

Contigua a la biblioteca del Nautilus —que es tan ilimitada como lo fueron las de Babel y Alejandría y guarda en sus anaqueles todos los libros posibles, y aun algunos de los imposibles— hay una sala hermética y tapizada con el terciopelo rojo que tenían siempre los cines de otro tiempo donde una máquina dócil a los más leves antojos de la imaginación y la nostalgia proyecta todas las noches las imágenes amadas de Grace o de Ingrid, no tanto para repetir la emoción que tan tenues criaturas prodigaban en las películas como para propiciar el culto a su perdida memoria y devolver así a los navegantes la conciencia del tiempo en que sus propios deseos fueron deslumbrados por el cine.

Grace Kelly mereció un funeral de grandes carrozas con colgaduras de luto y catafalcos barrocos, pero en tan sombría ceremonia no se conmemoraba a la muchacha frágil y temible que había sido en las películas de Hitchcock, sino su apostura final de madre de familia y princesa agraviada por el protocolo y la celulitis. A Ingrid Bergman, en cambio, sólo la conmemoran casi secretamente sus devotos, esa legión de convalecientes de un amor imposible que deambulan por los cines recordando su alta soledad y el esplendor pálido de su mirada y sus pómulos ensombrecidos por el ala airosa de un sombrero de 1940. No hay párroco que pida su beatificación ni cofradía de damas virtuosas que quiera dar su nombre a un hogar de minusválidos, pero en las salas oscuras donde se refugian de noche los habitantes del Nautilus, Ingrid Bergman regresa para abrazar con serena desesperación a Cary Grant en un hotel de Río de Janeiro o despedirse de Humphrey Bogart y de Woody Allen y de cualquiera de nosotros en un brumoso aeropuerto donde las hélices del avión que nos arrebatará su presencia relucen entre la niebla mojadas por esa llovizna que acompaña siempre en el cine a los peores adioses.

También su voz queda en el Nautilus, y basta conectar el gramófono con altavoz en forma de loto entreabierto y azul que hay en un rincón siempre en penumbra de la biblioteca para escuchar las palabras que parecen pronunciadas en este mismo instante y para cada uno de nosotros. «Tócala otra vez, Sam», suplica en voz muy baja, acodada en el piano, al filo del recobrado fervor y acaso de la culpa, y el pianista negro inicia la canción y el himno íntimo de todos los desterrados que alguna vez quisieron regresar a Casablanca.

Pero ni siquiera en el Nautilus, que no es buque de guerra, sino refugio submarino contra las crudas afrentas de la realidad, está uno a salvo de que le maltraten sus recuerdos. Quiero decir que también en el Nautilus se ha sabido que Julio Iglesias incluye en su repertorio la hermosa, la irrepetible, la infamada canción que sonó una noche en cierto bar de Casablanca. Sucedió una tarde de septiembre, frente a un televisor, y desde entonces no es posible retirarse a este último santuario de la soledad donde el fonógrafo azul guarda las músicas plurales de la exaltación y el fracaso sin que una voz impostora enturbie irreparablemente el territorio de los sueños. «Un beso es sólo un beso, un suspiro no es más que un suspiro», cantaba, y sonreía sin escrúpulos, en un inglés para hondureños con problemas de bilingüismo, firme en el vano arrobo de sus fieles y en la ofensa que hizo cundir una silenciosa indignación por las estancias del Nautilus. Nadie entra ya en la sala de recordar películas y hay muy pocos que se atreven a conectar el fonógrafo. Pues enseguida, apenas se apaga la luz y empieza a sonar la música, surge Ingrid Bergman en el salón desierto y camina hacia el piano y se detiene junto a él para pedir a un hombre que sonríe con la soberbia de todos los invasores: «Tócala, Julio. Tócala otra vez para mí.» Voces avisadas sugieren la posibilidad de muy duras represalias. Al fin y al cabo, dicen, las villas con piscina de Miami Beach son extremadamente vulnerables desde el mar.

LA HORA QUE NUNCA EXISTIÓ

Desde Heráclito nos hemos resignado a saber que nadie puede bañarse dos veces en el mismo río, pero cada año, hacia finales de septiembre, los misteriosos astrólogos que rigen entre nosotros el curso de las estaciones y los calendarios hacen posible que un hombre pueda vivir dos veces la misma hora y que un día prolongue las suyas hasta tener veinticinco, arañando así un breve regalo a la avaricia del tiempo. Para tan ardua manipulación de los relojes del mundo, a la que tal vez no se hubieran atrevido los astrólogos babilonios que predecían los eclipses y averiguaban el perfil de las figuras celestes tendidos en las terrazas más altas de los zigurats, suele elegirse no la plena luz del día, sino la hora más honda y despoblada de la noche, sin duda porque es la más propicia para oficiar conjuros, pero también para que nadie advierta y use el ilimitado don que hace retroceder la claridad vengativa del día y detiene, por una sola hora, esa caída horizontal que, según dijo Jean Cocteau, es nuestra vida.

A las dos de la madrugada los aviadores se extraviaron en una región sin nombre que no viene en las cartografías del cielo y todos los trenes se detuvieron en ese andén fuera del tiempo que hay en el límite de todas las estaciones y es como un cementerio de raíles abandonados al que van a morir, con la lentitud de los elefantes malheridos, las locomotoras y los vagones de otro siglo. Los viajeros que ignoraban la razón de aquella súbita inmovilidad miraron desde las ventanillas los descampados nocturnos y las luces de ciudades remotas como si el largo estrépito de los frenos los hubiera hecho despertar en la primera estación del reino de los difuntos, donde, como se sabe, todos los relojes del andén están parados y señalan la misma hora lúgubre de la madrugada.

El tictac de los despertadores, que horada y gasta la conciencia como una carcoma alojada en la sombra, no es el menor de los suplicios que depara el insomnio, pero el silencio de un reloj cuyas agujas no se mueven es más temible aún, porque al mirarlo nos vuelve náufragos en el tiempo y su inmovilidad es aviso y metáfora de la muerte. Hay algo inapelable y sagrado en la esfera y en los números de los relojes, y el recóndito mecanismo que los mueve con tan exacta lentitud o premura participa no de la medición, sino de la sustancia del tiempo, de tal modo que intentar pararlos o levantar el cristal como de hornacina que los protege para obligarlos a retroceder o urgirlos a que nos concedan la hora de una aventura o una cita es una audacia estéril, pero en extremo peligrosa, pues al vulnerar un reloj se está entorpeciendo la gran máquina del mundo.

Por eso, cuando en la noche del sábado al domingo los relojes se detuvieron al dar las dos, una tierra o tiempo de nadie se abrió entre las agujas inmóviles y los hombres que no dormían se encontraron en las manos un regalo inasible que no habían esperado y que tal vez no supieron apurar. De pronto, el condenado ganó una hora a la muerte, el asesino de las dos y media imaginó que volvía a la inocencia que era posible aún diez minutos antes de la cuchillada y la culpa, el hombre que bebía solo en la barra del último bar miró el reloj y supo que aún le quedaba una hora para seguir entregándose sin remordimiento a la ceremonia triste del alcohol, alguien vio cómo se dilataba su insomnio o su espera o su felicidad, y hubo amantes que al sentir que el tiempo retrocedía quisieron borrar la palabra o la injuria que pronunciaron en un instante que de pronto se volvía futuro o regresar, en un ejercicio de avariciosa nostalgia, al paraíso irrepetible que los abandonó media hora antes y ya pertenecía a la rememoración o a un porvenir tramposamente prometido por los relojes.

Pero no hay don que no esconda su propia dosis de veneno. En el romance antiguo del enamorado y la muerte, el caballero que despierta al recibir la visita de la Señora Blanca le pide un día más de vida, pero ella sólo le concede una hora: no una tregua, ni un resquicio de perdón, sino el tiempo preciso para que el caballero cumpla del todo su destino y se rompa el cuello al caer de la torre que escalaba, asido a un cordón de seda, para alcanzar las habitaciones de su dama y defenderse en sus brazos del acoso y cita de la muerte. La hora mágica que nos acreció la vida o se nos escapó entre los dedos como el agua de una clepsidra rota nos hizo, sin embargo, náufragos en el tiempo, perdidos durante todo un día en la discordia entre los relojes y la luz y luego en una noche prematura y cárdena que súbitamente se adueñó de la tarde y era ya la primera noche del otoño.

LUNA DE LOS ESCAPARATES

Octubre propaga una obscena mortandad por los escaparates de los grandes almacenes, que en este tiempo, cuando llega la noche, cobran una luz de clínica o sala de autopsia. No en vano se llama lunas a sus cristales, que son tan herméticos como las ventanas circulares del Nautilus y permiten contemplar a veces paisajes y criaturas no menos extraños que los de una fosa submarina, pues hay algo de remoto y de lunar en ellos, y los hombres y las mujeres que los habitan no pertenecen a este mundo, sino a un porvenir que todavía no ha llegado a las calles de la ciudad o a ese pasado triste que pervive en los escaparates de las tiendas antiguas, cuyos maniquíes tienen un peinado de cartón a la moda de hace veinte años y parecen vestir con melancólica lealtad la ropa de algún pariente muerto. Las lunas de los almacenes, espejos sabios donde las muchachas se miran para averiguar cómo irán vestidas una semana después, defienden a los maniquíes de la realidad y de la vejez, otorgándoles un presente inmóvil y una voluble juventud que no tiene nunca el bronce definitivo y huraño de las estatuas, pero de vez en cuando los aflige un maleficio o epidemia que deja calvas y desnudas a las mujeres de plástico y condena a una orfandad sin consuelo a los niños cabezudos que en otro tiempo mostraban sus trajes de comunión con petulancia atónita y ahora andan como perdidos entre altas piernas sin torso y brazos amputados. Alguien, con delicado pudor, o acaso para esconder las trazas de su infamia, cubre entonces los escaparates con un largo lienzo de papel, igual que en las ciudades medievales sellaban las puertas de las casas donde había entrado la peste, pero al otro lado, sobre el suelo donde alguna vez se posaron los leves pies desnudos o los tacones altivos de las maniquíes, hay un desorden de cuerpos caídos y cabezas cortadas que siguen mirando a la calle con sus hermosos y ciegos ojos de cristal. Hay caballeros eunucos y manos abiertas con las uñas pintadas de rojo que se tienden en una súplica o en una caricia de fantasmas hacia quienes pasan a su lado, y altas mujeres derribadas y sin brazos, como estatuas de Afrodita, que abren sus muslos para ofrecerlos a la lascivia helada de los hombres solos que andan rozando las esquinas y miran los escaparates al anochecer.

El mismo viento hostil que muy pronto ocupará las plazas ha tirado a las maniquíes de sus pedestales, desbaratando sus gestos de desafío o espera, y el abrazo que prometían con las manos extendidas yace descuartizado por los suelos y da a las tiendas el aire funeral que tienen los escaparates de las ortopedias, que parecen siempre las alacenas donde el doctor Víctor Frankenstein guardaba los miembros descabalados de su criatura. Pagan tal vez, con el suplicio público, su audacia o su juventud inflexible, o la belleza fría que en pleno invierno se atreven a engalanar con los colores claros y las livianas faldas de abril, como si el cristal que las separa del mundo las volviese invulnerables a la intemperie y al miedo. Con su paso airado abren los días futuros y arrancan impunemente las hojas de los calendarios, pero no permiten que nadie pueda alcanzarlas, y en mayo, cuando el verano es un espejismo que no está permitido desear, ellas se tienden como diosas indolentes en la arena fingida de los escaparates para ofrecer sus pálidos cuerpos de plástico al sol ilusorio que deslumbra los mares de las agencias de viajes y las piscinas del coral. Se deslizan sin pudor entre las tibias estaciones del Paraíso, a un paso de la calle y, sin embargo, tan lejos, que si alguien, incitado por sus grandes ojos azules o por el gesto como de besar el aire que dibujan sus labios de cera, pretende cruzar los límites de su dominio, halla ante sí una muralla de vidrio tan inviolable como la indiferencia o la dicha de las maniquíes, que huyen enseguida, pues apenas llega septiembre desertan del verano para venir hacia nosotros desde cualquier esquina trayendo consigo el olor y el aire de una lluvia futura, la boina gris y el corazón en calma que los versos de Pablo Neruda nos han enseñado a esperar en todas las tardes otoñales.

El desastre que irrumpe en el aire cerrado de los escaparates y derriba a las maniquíes en una desolación de museo de cera que nadie quiere visitar no basta, sin embargo, para arrebatarles su orgullo. Algunas, las que tienen la suerte o el coraje de no sucumbir a la decapitación y la vergüenza, permanecen en pie entre los despojos rosados de sus semejantes. Calvas e impasibles, como princesas egipcias, aguardan el día en que las vuelvan a investir de su hermosura o las arrojen de una brazada a los sótanos del olvido. Como Antoñito el Camborio, las maniquíes de las tiendas se mueren siempre de perfil.

LA ÍNSULA MÁS EXTRAÑA

En algún lugar de este diario apócrifo he contado que el Nautilus es el refugio último de quienes piensan, como Gustavo Adolfo Bécquer, que la soledad es el imperio de la conciencia, pero no he dicho que en sus estancias de tapizado metal se cultiva también, aunque con ciertas reservas, la virtud antigua de la hospitalidad, y que algunas veces sus escotillas se han abierto para recibir a un náufrago que, asido a una tabla rota o a un salvavidas, se despedía lentamente de la suya cuando vio acercarse entre la oscuridad y las aguas desiertas al silencioso buque que en la distancia parece un gran cetáceo con un solo ojo que iluminara la noche. Tal fortuna, que yo he envidiado incesantemente desde que en la infancia leí por primera vez las páginas de Julio Verne, les cupo a tres viajeros que fueron acogidos en el Nautilus en la madrugada de un día de 1866. A uno de ellos, que era erudito en la ciencia de los animales submarinos, se debe el manuscrito que algunos años más tarde usó Julio Verne para establecer la biografía del capitán Nemo. Se llamaba Pierre Aronnax, y su aventura, que pertenece desde hace un siglo a la imaginación de todos los hombres, no es más increíble que la del náufrago que una tarde de septiembre subió a su automóvil y enfiló sin apuro una carretera del todo rutinaria para acabar convertido, durante nueve días, en la sombra de Robinson Crusoe, sin esperanza de salvación y tan despojado de todo que no tuvo ni una colina a la que subirse para mirar el vacío azul que los navegantes perdidos indagan en busca del barco que vendrá a salvarlos.

Desde muchos siglos antes de que el Inca Garcilaso de la Vega contara la historia del náufrago que pasó ocho años en un islote del Caribe, sin un árbol ni una gruta que lo guardaran del sol ni otro sustento que la carne de las tortugas que mataba con sus propias manos y el agua de lluvia que recogía en sus caparazones, los naufragios de la literatura, y aun los de la realidad, se han atenido a normas tan precisas como las del Código Civil. Los buques de los náufragos deben ser arrastrados por la tempestad contra los arrecifes de islas que no se hallen consignadas en los mapas, a ser posible de noche y entre tan bravíos oleajes que los supervivientes sólo alcancen la salvación al cabo de una lucha sin tregua contra las espumas del mar, que los ahogan y los rinden y al final los arrojan sobre una playa manchada de algas y despojos en la que despiertan al amanecer como si hubieran regresado de la muerte o del sueño de su propio naufragio. Exactamente así cuenta Homero que le sucedió a Ulises, pero el rey de Ítaca, a quien Álvaro Cunqueiro, llamándole San Ulises, hizo santo de retablo y abogado pagano de todos los que viajan para recobrar una patria perdida, no sólo tuvo la fortuna de sobrevivir, sino que halló también, en la playa de los feacios, el cuerpo joven y tal vez desnudo de la bella Nausicaa, quedando tan deslumbrado por ella que sólo supo preguntarle si era una mujer o una diosa.

La norma admite, sin embargo, variaciones menores: hubo hombres que naufragaron no en el mar, sino en un continente, como Alvar Núñez Cabeza de Vaca, que anduvo perdido por las llanuras todavía innombradas de Norteamérica, o como esos exploradores ingleses que en el siglo XIX buscaban las fuentes del Nilo internándose en los espacios en blanco de los mapas de África. Verne y William Golding imaginaron náufragos que llegaban a las islas desde un globo desbaratado por el viento o un avión cuyos motores se paran bruscamente en el aire, pero aun en tales casos la aventura exigía mares lejanos, territorios desconocidos y enemigos, arenas que no hubieran recibido nunca la pisada de un hombre. Debemos a los surrealistas la certeza de que las ínsulas más extrañas no están en los libros ni en los mares del Sur, sino en la topografía mediocre de la realidad, igual que están posadas en el aire de todos los días, como mariposas de un sueño, las manzanas inmóviles de René Magritte.

En 1983, un viajero ha encontrado la selva y la soledad de los peores naufragios a un paso de la carretera. Hace veintiún años, Luis Buñuel concibió la aventura de un grupo de hombres y mujeres que asisten plácidamente a una velada social y de pronto, sin que nada suceda, se encuentran atrapados en un salón que es una isla y una cárcel tan atroz que no necesitaba, para extraviarlos del mundo, ni rejas, ni paredes tapiadas ni una puerta que no pudieran abrir, porque todas estaban abiertas de par en par y sólo muros de aire y abismos invisibles defendían sus umbrales.

De la misma materia están hechas las trampas de la realidad que se quiebran bajo nuestros pasos como una lámina de hielo y los laberintos que algunas veces cobran la forma de una isla, de un buque submarino, de una ciudad que esconde tras cualquiera de sus esquinas el aliento oscuro del Minotauro. Acaso sea cierto que la Isla del Tesoro no existe y que el capitán Nemo murió durante la erupción de un volcán en el sur del Pacífico, pero sé que un naufragio o la muerte nos aguardan si cruzamos a cierta hora una calle o una carretera y que las aventuras de la felicidad o el horror se esconden al otro lado de una puerta que tal vez nunca abriremos.

LOS LIBROS Y LA NOCHE

El director de la feria de Francfort, que es la Babel y la Babilonia donde se congregan cada año todos los libros del mundo, ha pronunciado un vaticinio melancólico: el libro, ese cotidiano don que nos dilata la imaginación y la vida, no va a existir siempre. En otro tiempo conspiraron contra él la desidia de quienes nunca accedían al placer de entreabrir unas páginas y la barbarie que arrasaba las bibliotecas y encendía piras de volúmenes condenados en las plazas de las ciudades, pero ahora sus definitivos enemigos son las tecnologías del vídeo, que ya empieza a suplantar a los cuadernos y a los libros en las escuelas, y los ordenadores que resumen el Universo y toda su memoria en circuitos del tamaño de un Aleph y tan indescifrables como la forma de un cristal de hielo o la trama de los callejones de Bagdad. Hegel y Marx supusieron que la Historia obedecía a una Razón suprema que era el Espíritu o la lucha de clases, pero hoy sabemos resignadamente que la Historia sólo obedece a las mediocres utopías de la ciencia ficción, que es un género tan imaginativo como la prosa de los boletines oficiales: en el futuro, es decir, en nuestro ominoso presente, no habrá libros ni bibliotecas que nos permitan vivir, como Quevedo, en conversación con los difuntos, sino pantallas iluminadas y paneles de teclado que dócilmente ofrecerán la sabiduría o la mentira e impartirán las órdenes de sus invisibles dueños, estableciendo en todas partes el dominio de sus pupilas, igual que aquel robot misántropo y polifemo que puso Stanley Kubrick en su Odisea del año dos mil uno.

Habitamos, pues, un reino que va a extinguirse, acariciamos tesoros que no podremos legar a las generaciones del porvenir, que ignorarán —ya ignoran— el tacto de las páginas recién abiertas, el perfume tenue del papel, su color blanco o levemente amarillo por el paso del tiempo y de las muchas manos que lo tocaron antes de que llegara a nosotros, esa presencia densa de los volúmenes que nadie ha abierto desde hace años pero que siguen guardando las palabras de un hombre, la mirada y la vida de quien los escribió y las del lector que se sumió en ellos como en el espejo de su propia conciencia. Sócrates desdeñaba la escritura, porque temía que los hombres, al confiarse a ella, olvidaran el tranquilo ejercicio de la conversación y la memoria, pero la escritura no sólo guarda las palabras o las sepulta, también incita a breves placeres que únicamente a ella pertenecen y que se perderán sin remedio cuando el papel y los libros sean abolidos: de igual modo que el cine no es tanto la historia que una película pueda contarnos como el misterio previo de la sala oscura y el rectángulo de pálida claridad donde se deslizan las imágenes como en la ventana de un sueño, así la fascinación ya casi anacrónica de los libros no se limita nunca a su sola lectura, y a veces no precisa de ella para cumplirse. Sin duda es hermoso recluirse en la biblioteca del Nautilus —todo hombre plácido y solo en su biblioteca es el capitán Nemo— y elegir un libro para rendirse a él con tan demorado fervor que no se escuchen las campanadas de los relojes y nada suceda, sino las palabras y las aventuras que desde el otro mundo nos está contando un desconocido, pero basta internarse en el gran salón y recorrer los anaqueles que cubren del todo sus paredes para que los libros intocados impongan el sosiego de su presencia. Basta tenerlos, saberlos dóciles al recuerdo o al gesto de la mano detenida en el aire que escoge un volumen o simplemente comprueba que siguen en su lugar exacto, basta percibir el orden y el numeroso silencio y oler el aire que los libros habitan, que tiene la misma quietud que el de las salas de los museos cuando se cierran sus puertas y los personajes de los cuadros se quedan mirándose entre sí desde los balcones del tiempo. Como las estatuas, como todas las cosas inmóviles que cotidianamente nos acompañan y nos miran, en la oscuridad y en la noche los libros suelen agrandar su presencia, y uno es entonces el guardián ciego que los toca y los adivina y no puede verlos, igual que Borges en su biblioteca de Buenos Aires.

«Sé que mis libros, como mi ser de carne, terminarán un día por morir», escribió Proust. Tenía miedo de la muerte que gasta los libros y los empuja hacia el olvido en los estantes de las bibliotecas, pero no sabía que también esa clemencia última nos será negada alguna vez, pues no es posible concebir la esperanza de que las palabras que hemos amado o escrito sobrevivan en un libro que seguirá existiendo aunque nadie vuelva a abrirlo, igual que sin duda existen bajo el cieno del mar estatuas griegas y monedas con efigies de dioses cuyos nombres no sabremos nunca. Vendrá un día en que los libros terminen por morir, *como las rosas y Aristóteles*, pero, mientras tanto, la proximidad de su fin incita a deleitarse en ellos con una nostalgia prematura y atenta, porque nunca es más valioso un placer que cuando se le sabe condenado a extinguirse. Muy pronto, perder las tardes con un libro en las manos en la biblioteca del Nautilus será como partir en el último viaje del Orient Express.

EL MALEFICIO DE LOS NOMBRES

Suele suceder en las novelas y en el cine de misterio que cuando un hombre está a punto de morir escribe con su propia sangre el nombre de su asesino o una hermética palabra que nadie, al principio, acierta a descifrar, pero que encubre la solución del crimen y la clave ilusoria para cruzar al otro lado de la sombra, porque es el jeroglífico de nuestra propia muerte. Palabras sueltas, iniciales ambiguas, nombres que susurra la víctima al expirar en brazos del héroe y se pierden en la respiración acuciante de la agonía o quedan rotas en los labios como una pregunta que nadie puede responder. Igual que las víctimas de los suntuosos crímenes literarios, también los suicidas dejan señales escritas de sus últimas horas, pero no siempre se atienen a la virtud del laconismo, de tal modo que sus cartas de despedida son como los capítulos finales de ciertas novelas policíacas donde, al explicarse fatigosamente todo, se pierde la interrogación primera y mágica de la muerte, que no reclama coartadas tediosas, sino una sola y súbita revelación: una palabra, un nombre tan temible como el que el rabino de Praga escribió en la frente de una estatua de barro para darle vida y convertirla en el Golem.

El marinero hermoso y rubio como la cerveza que llegó una noche al puerto de cierta canción imborrable llevaba tatuado en el pecho el nombre de una mujer, y esa palabra única lo poseía como nos posee un recuerdo y era la señal de su inflexible destino de sonámbulo. Hasta el final las palabras, los nombres nos poseen y nos persiguen, y algunas veces los suicidas actúan como fugitivos de su asedio. En 1925, el poeta Serguei Esenin, que había tenido una adolescencia tan vertiginosa y deslumbrante como la de Arthur Rimbaud, se ahorcó en un hotel de Leningrado, dejando a modo de testamento un poema recién escrito con la tinta de su propia sangre, para que así el final de su vida y el de su último libro se resumieran en una misma página en blanco. Sin saber que al cabo de cincuenta y ocho años estaba cumpliendo una remota simetría, una mujer se ha ahorcado en el cementerio de una ciudad andaluza, y ha trazado antes de morir las letras de un nombre que acaso fue difícil descifrar, porque estaba escrito, como el poema de Esenin, con la extraña caligrafía de la muerte. Se sabe que el horror dejó hace tiempo de ser patrimonio de la literatura y que nunca el cine se atrevió a concebir crímenes tan innumerables y feroces como los que cada día ocurren en la vida y en los periódicos, pero cuando se publicó la noticia de este suicidio hubo enseguida quien se apresuró a suponerle un propósito literario. La mujer no se había descolgado en el vacío, sino que, hincada de rodillas, se había inclinado contra el suelo con una oscura obstinación hasta que el dogal, ciñéndole la garganta, le segó la vida, y mientras entregaba su voluntad al deseo de morir aún tuvo tiempo de untar el dedo índice en su propia sangre para escribir *Diego* sobre la tierra que no veía, como si escribiera en un espejo o en el cristal de una ventana.

Dijeron que ése era el nombre de su asesino. Dijeron que si el hombre llamado así no apretó la cuerda alrededor del cuello para fingir el suicidio, era culpable al menos del abandono o el desprecio que terminaron en él. Pero ahora sabemos que la mujer suicida no obedecía a la pasión del deseo ni a la soledad, sino a una forma de locura que se precisaba obsesivamente en las sílabas de ese nombre repetido por ella en cartas anónimas que se escribía a sí misma y en mensajes de amenaza firmados con lápiz de labios por un fantasma en los espejos donde al mirarse lo veía. Por todas partes la rondaba ese nombre, sin un cuerpo ni una voz que lo sustentaran, y sólo cuando lo escribió por última vez y se rindió a la muerte pudo librarse de su maleficio.

Los cabalistas, que sabían, como todo el que empieza a escribir sobre un papel blanco, que el mundo fue creado por la palabra, adivinaban en ella un poderío secreto que se cifra en el nombre impronunciable de Dios. Las cosas sólo existen si las nombra una inteligencia, y un cuerpo no es nada si no tiene un nombre que nos permita convocarlo y decirlo para injuriar el silencio o la desierta soledad. «Mi nombre es Nadie», dijo Ulises al Cíclope que lo perseguía, y fue esa hermosa mentira lo que le permitió salvarse, igual que al capitán Nemo no lo volvían invulnerable la hondura del mar ni el espolón del Nautilus, sino su cauteloso nombre de capitán Nadie. Es posible que también tras este cuaderno y esta firma haya otro nombre y otra voz que no puedo decir, como cantaba el marinero del romance, «sino a quien conmigo va».

NUNCA VI GRANADA

Dije aquí que nos poseen los nombres y que señalan nuestro destino, y apenas había terminado de escribir cuando supe que una isla que se llama igual que esta ciudad estaba siendo invadida por los Cien Mil Hijos de San Luis, que han infamado sus playas de arena blanca y altos palmerales batidos por el viento del mar. Hasta el día en que los invasores llegaron a ella para devastarla con la misma insolencia con que desembarcaban en las colonias españolas del Caribe los piratas de sir Francis Drake, la isla que llaman Granada no existía sino en los mapas más minuciosos de los navegantes y en la ambigua sonoridad de su nombre, de tal modo que para conocerla era más útil recurrir a la literatura que a la geografía. A esas islas ignoradas, cuya inexistencia las salva del tiempo y de la avaricia de los invasores, no llegan los viajeros que las merecen en los aviones ni en los buques de las agencias de viajes, sino trazando con el dedo índice el rumbo de la imaginación sobre los mapamundis azules que se guardan en la cabina del Nautilus. En ciertos cuadros de Vermeer de Delft, en las habitaciones blancas y alumbradas por una claridad más inasible que el aire, cuelgan grandes mapas de los océanos y las islas del Nuevo Mundo, y algunas veces un viajero se inclina pensativamente sobre uno de ellos, sosteniendo un compás entreabierto con el que ha calculado la situación exacta del Paraíso Terrenal y su distancia imposible. Sólo así se alcanza la Isla Misteriosa, la Isla del Tesoro, la Thule boreal donde en navíos vikingos o aerostatos medievales llegaba el capitán Trueno para reunirse con la rubia Sigrid, las tierras sombrías donde los argonautas fueron a buscar el Vellocino de Oro.

Sabemos por sus cartas que cuando Colón llegó al Caribe estaba firmemente convencido de haber encontrado el Edén. Si todo viaje es un regreso, fue el suyo el más desmesurado de todos, porque creyó regresar a la primera y única patria de la felicidad de los hombres. Al roturar el Paraíso, las naves y los misioneros y los rapaces soldados de España lo abolieron para siempre, pero al mismo tiempo las crónicas de la conquista, donde premeditadamente cobraba la realidad el impulso de las novelas de caballerías, lo agregaron a la imaginación de Europa para convertirlo en un sueño perdurable: el mismo que hacia la mitad del siglo XVII, en una ciudad gris de Holanda, está soñando el geógrafo de Vermeer, el mismo que quisieron cumplir Paul Gauguin y Robert Louis Stevenson, y todos los hombres que tuvieron el coraje de imaginar la libertad y perseguirla luego, hasta las islas más lejanas. Baudelaire, enfermo, como todos ellos, por la pasión del viaje, había reclamado *el derecho a la huida y el derecho al desorden*, pero ni siquiera esos privilegios últimos de los vencidos se le conceden impunemente a nadie, y el viaje a la felicidad que emprendieron Stevenson y Gauguin fue el viaje a la desesperación y a la muerte, porque ya no queda ni una sola isla que no haya sido arrasada por los invasores.

Dicen que fue Cristóbal Colón el primer viajero europeo que llegó a la isla de Granada, volviéndola breve provincia de un imperio tan imaginario como el del preste Juan o el gran reino Micomicón de Etiopía, a donde quiso acudir don Quijote para salvar la honra de cierta princesa tan embustera como hermosa. No sé si fue el almirante quien la llamó Granada, pero quienquiera que lo hizo estableció entre la isla del Caribe y esta ciudad del otro lado del mundo donde ahora escribo un vínculo desvelado por la noticia de la invasión, como si también hubiera caído sobre nosotros la infamia de los helicópteros homicidas que desbarataron al amanecer el silencio de los pájaros y la selva y los barcos de guerra que se detuvieron en el horizonte quieto del mar para arrojar sobre las playas a la muchedumbre armada de los salvadores. No debe, pues, atribuirse al azar la inquietante confusión de ese noticiario soviético que situó la invasión en la vega de Granada y no en los mares del Caribe: existe una simetría entre las ciudades y sus sueños, entre esta Granada que se cierra sobre sí misma muy lejos del mar y la isla donde acaso habita, sin que nadie lo supiera, una imagen del Paraíso que sólo a nosotros pertenece, ciudad o isla invertida que se repite en el agua inmóvil de un sueño, igual que el eco de su nombre.

En una isla del Pacífico hay una lápida donde está escrito el nombre de Paul Gauguin. Su tumba, como la de Stevenson, no es tanto un monumento a su memoria de fugitivos como un aviso de que ni siquiera al final del viaje más largo cesa el asedio de los perseguidores, su tiranía, su sucia potestad de convertirnos en proscritos o desterrados. Nunca veré los vivientes azules del mar y el resplandor blanco de las espumas que se quiebran contra los arrecifes o se deslizan sobre la arena con un largo rumor hasta deshacerse al pie de un bosque de altas palmeras reclinadas, nunca este sedentario Nautilus emergerá despacio frente a la isla que perfila sus delicadas colinas como una invitación para los navegantes. Gente enemiga ha vulnerado mi ciudad y mi vida al pisar Granada con sus botas militares, y en las tumbas que alguien empieza a levantar en esa isla están escritos nuestros propios nombres.

ANTIFAZ

Algunas veces los hombres son devorados por la máscara que eligieron para encubrir o revelar su verdadero rostro, que suele ser otra máscara sucesiva y secreta tras la cual no hay nadie, o muchos rostros que las fotografías resumen en uno sólo, una mirada, una manera cobarde de sonreír ante los focos de luz blanca que alumbran cegadoramente el escenario y sólo dejan adivinar una oscuridad populosa de cabezas iguales y ojos fijos en el impostor como las pupilas de los pájaros nocturnos. Las luces se apagan y la sala queda desierta, con la melancolía de todos los lugares que han sido abandonados, pero quien quiso usar la máscara termina poseído por ella, gradualmente borrado por sus rasgos. Con súbito pavor, quiere arrancarse el antifaz o diluir en agua la palidez fingida o la mancha roja que le prolongó los labios en una carcajada perpetua, pero los rasgos pintados, la risa de carmín, la palidez del otro, el emboscado, ya son irremediables, y si tantea el cuello queriendo asir los bordes de la máscara no encuentra sino la piel tan lisa como el cristal del espejo donde ya no se reconoce. Como en los sueños, todo es igual, y al mismo tiempo desconocido y obsceno, y los seres deshabitados andan entre nosotros embozándose en la capucha del carnaval.

A la dolencia de la irrealidad, al influjo vampiro de los antifaces, son particularmente vulnerables quienes mantienen cotidiano trato con criaturas imaginarias, prestándoles su voz y el aliento de su propia vida y aun encarnando sus figuras de ladrones de cuerpos. Molière, enfermo, sale a escena para interpretar al enfermo imaginario, finge la fiebre, la agonía, cae despacio sobre la tarima repitiendo las palabras que él mismo escribió para edificar la sombra que ahora lo posee, y poco a poco el personaje le inocula su automoribundia: la fiebre es cierta, y el miedo, y cuando el actor queda definitivamente tendido en el escenario se encienden las luces y los espectadores aplauden, pero él no revive para recibir los aplausos porque su rostro y su voz han sido suplantados por una sombra cuyo destino era morir esa noche. El escritor que inventa un Nautilus suntuoso y vacío para encerrarse en él y concebir otras vidas con la perseverancia de un suicidio lentísimo termina recelando de las puertas entornadas, del silencio, del gorgoteo del agua en las escotillas, de los túneles donde suenan los pasos de sus personajes, que lo siguen como una ronda de aparecidos. En su lecho de muerte, Balzac llamaba al médico que solía curar a los enfermos de sus libros, no porque creyera, en el delirio de la agonía, que era un médico real, sino porque después de escribir durante tantos años el roce continuo con los seres de su imaginación lo había ido gastando como gasta el tiempo los perfiles de las estatuas hasta desalojarlo de la realidad y confundirlo entre la multitud fantasmal de la Comedia Humana.

Al hidalgo Alonso Quijano los libros de caballería lo convirtieron en un personaje de Cervantes, pero el antifaz que conceden las palabras escritas no es nunca tan exterminador como el que usan los actores, pues ellos no sólo le entregan su imaginación, sino todo su cuerpo, los gestos fugaces de sus manos, el aire que respiran. La fiebre que derribó a Molière es la locura de Bela Lugosi, que de tanto transfigurarse en conde Drácula en las películas de la Universal acabó sus días convertido en vampiro andante, y caminaba pálido y vestido de esmoquin y capa de terciopelo negro por las estancias de un palacio y cuya cripta únicamente abandonaba al anochecer, para que no lo matara la claridad del sol. No se sustentaba de sangre, sino de cocaína, y dormía como un caballero yacente sobre un catafalco cercado por cuatro cirios de capilla barroca.

Acaso nadie pueda, como pedía Montgomery Clift, descender a los infiernos y regresar ileso, acaso a nadie le esté permitido sobrevivir a la osadía de ser otro, de imaginar otra vida y cumplirla hasta la exaltación o la desdicha. En Nueva York, hace unas semanas, un actor muy joven, al que todos auguraban una rápida gloria, desapareció sin avisar a nadie del teatro donde cada noche interpretaba con apasionada perfección el papel de un heroinómano. Inútilmente lo buscaron por toda la ciudad, y cuando forzaron la puerta de la casa donde vivía lo vieron tirado y muerto en el cuarto de baño, con una aguja hipodérmica hincada en el antebrazo. Su destino, su más alta escena no culminaba para el público sino para sí mismo, habían sido prefigurados por Bela Lugosi y Molière, pero también, por la fábula de aquel emperador o mandarín de China que quiso buscar, para marido de su hija, al hombre cuyo rostro fuera la expresión pura y exacta de la bondad. Lo encontraron, casó con la hija del mandarín, la hizo apaciblemente feliz durante todas las horas y los días de su vida, y sólo cuando murió pudo averiguarse que su rostro no era tal, sino una delgada máscara que repetía, con minuciosa exactitud, los mismos rasgos que se ocultaban tras ella.

EL TELÉFONO DEL OTRO MUNDO

Tan inútil como hablar con demasiada gente es leer demasiados libros, porque uno, al final, se queda con los tres o cuatro amigos de todas las horas y regresa o habita en muy pocos libros, en media docena de películas, en una fatigada lealtad a ciertos bares y a ciertos recuerdos que no obedecen a la invocación de la voluntad, sino a una costumbre íntima de la memoria. En la biblioteca del Nautilus hay tantos libros que no bastaría una vida entera para conocerlos todos, pero son muy pocos los elegidos una y otra vez para acompañar las tardes de soledad e indolencia o esa hora plácida de la noche en que el navegante sin nombre suele retirarse a la delicia de entreabrir un libro al abrigo del lecho y descender a sus páginas como se desciende luego al sueño que la lectura preludia. Igual que los amigos del corazón y los desengaños más devastadores, los mejores libros nos suceden en la adolescencia, y su materia, sedimentada por los años y los muchos regresos, termina por confundirse con nuestra propia vida. Hablo de Cervantes, de Proust, de Borges, de Juan Carlos Onetti, de Verne, de Edgar Allan Poe, cuyas narraciones de misterio y espanto y de pálida ternura cobraron en mi conciencia desde la primera vez que las leí el mismo aliento de las voces que en una casa remota y nunca olvidada me contaban la historia atroz del castillo de irás y no volverás.

Muchos años antes de leer en Poe esa pesadilla del alcohol o del láudano que es el cuento del hombre que tenía miedo de ser enterrado vivo, una de tales voces había ya anticipado en mi imaginación su escenografía de novela gótica; en cierta noche lluviosa de 1909, el guarda del cementerio donde aquella tarde había sido enterrada una muchacha oyó bajo sus pies un grito sordo como un lejano rumor cuando caminaba entre las tumbas sosteniendo un farol cuya claridad se deshacía contra el telón de lluvia. Era un grito largo y sofocado bajo la tierra, y cuando el guardián y el niño que lo acompañaba se detuvieron junto a la tumba de la muchacha recién sepultada oyeron también los acuciantes arañazos que rasgaban la mortaja y el forro acolchado del ataúd como queriendo traspasar la puerta hermética de la muerte, que no vuelve a abrirse nunca. «Sigue contando —rogaba yo, avariciosamente—, cuéntame lo que pasó cuando abrieron la caja.» Volvieron con azadones y palas y excavaron en el barro y luego en la tierra oscura hasta levantar el ataúd, pero entonces el grito y los arañazos habían dejado de oírse. La muchacha tenía los ojos abiertos y fijos frente a la lluvia, y el niño que medio siglo después era mi abuelo y me contaba la historia advirtió que había perdido las uñas y las yemas de los dedos y que sus manos rotas seguían curvadas por la desesperación de horadar la madera y la tierra y regresar de la muerte.

Las banales estadísticas también quieren medir el horror y enumerar sus víctimas y sus prodigios: un estrafalario inventor y sociólogo de los difuntos ha explicado en los periódicos que el cuento de Edgar Allan Poe y los recuerdos de mi abuelo —mejorados, sin duda por el hábito de las películas de terror y las correcciones del olvido— no son fábulas para contar en la media noche, sino episodios de la realidad tan previsibles como el índice de bodas o defunciones, pues tres de cada cien entierros son prematuros y en el subsuelo de todos los cementerios agoniza una multitud de sepultados en vida que excavan entre los muertos y las raíces de los cipreses como animales ciegos o buzos extraviados en lo más profundo de un océano mineral. Para remediar tales naufragios, este inventor ha patentado una alarma o telégrafo de la ultratumba que permitirá a los enterrados pedir auxilio cuando despierten de la catalepsia, pulsando con lenta mano de momia un timbre instalado en el ataúd que prolongará su grito y su afanosa asfixia en una sirena tan temible como la de una ambulancia nocturna.

El día de Todos los Santos, el hombre anduvo por los cementerios vendiendo sirenas y timbres para las ánimas y ataúdes transparentes para guardar a las doncellas incorruptas, y un micrófono que los muertos más previsores llevarán prendido entre los escapularios para que su voz, si resucitan, suba desde los abismos estremeciendo a los vivos cuyos nombres pronuncien o resonando inútilmente en la noche como ladridos de perros. Nadie le quiso comprar sus artificios fúnebres, pero él sigue pregonándolos sin desmayo en los periódicos y en las plazas de las ciudades, porque nunca el sarcasmo o la superstición desalentaron a los pioneros de la ciencia. Calculo que en el porvenir habrá en todas las sepulturas solemnes teléfonos negros que los difuntos prematuros levantarán lentamente para marcar a tientas el número de la casa donde alguien los está recordando o se apresura a olvidarlos. Nadie que esté solo se atreverá entonces a contestar las llamadas nocturnas, y los enterrados apurarán el aire de los ataúdes escuchando un teléfono que comunica siempre o suena sin esperanza en la soledad de una habitación desierta.

DONDE HABITE EL OLVIDO

Apenas ha sido pronunciado su nombre, pero tras las celebraciones de primera página y las fotografías de Alberti se ha podido adivinar, como alumbrada por un relámpago al fondo de una habitación oscura, la sombra de María Teresa de León, que, olvidada de todos y de sí misma, vive o muere en una clínica. Lentamente empujada por la decrepitud, ha cruzado el río donde la memoria termina, aquel Leteo que los geógrafos antiguos hallaron al otro lado de las columnas de Hércules, y cuyo nombre perduró tras la venida de los árabes, que lo llamaron Guadalete. En él, y en las tinieblas marítimas del Finisterre, se acababa el mundo, en la frontera del olvido, reino de mares no visitados por nadie y criaturas tan inconcebibles que sólo el miedo podía borrosamente nombrarlas. Tal vez María Teresa León ha probado, sin advertirlo, el agua del Leteo, o las hojas de loto que, según cuenta Homero, curan de la razón y del dolor a quien se atreve a comerlas, pero lo cierto es que sus ojos, despojados de los recuerdos, sólo contemplan los muros blancos de una habitación que es un pozo del olvido, y si hay alguna ventana en ella mirarán la lluvia y el resplandor amarillo y húmedo de los árboles otoñales exactamente igual que miran los gatos y los espejos, fuera del tiempo y de la sucesión de los días.

«María Teresa ha perdido la memoria —dice Rafael Alberti—, que es la mayor desgracia que puede ocurrirle a un escritor.» La memoria es el sentido que nos permite escuchar el tiempo, materia última de la escritura, y también de la música y de las imágenes del cine. La memoria, envenenada y lúcida, señala desde la distancia las ciudades perdidas y las que nunca llegarán a alcanzarse, y guarda los cuerpos y los perfumes, las voces que sucedieron una vez y que alguien quiere recobrar. Nada se pierde del todo hasta que no se olvida, y por eso hay hombres que viven desterrados en el presente y entregan su voluntad a una infinita rememoración que, si no detiene el tiempo ni mitiga su injuria, les permite, al menos, edificar un libro, un buque submarino, una ciudad o una patria íntima donde sólo ellos habitan, como supervivientes de una catástrofe que los hubiera dejado solos sobre la tierra. Nadie sabe cuántos años vivió en soledad el capitán Nemo después de la muerte del último de sus compañeros, pero es seguro que poco a poco debió anegarlo la crecida silenciosa de la memoria, que le devolvería rostros y lugares de su infancia y pormenores de cosas miradas una sola vez, pero fijadas para siempre por la arbitraria lógica de los recuerdos, que nos niegan, si así les place, una fecha o la forma exacta de una sonrisa, y, sin embargo, pueden abrumar de imágenes enemigas o banales toda una noche de insomnio. Serenamente solo esperaría la muerte, pues la memoria indomable de la felicidad y del dolor no es una blanda rendición a la nostalgia, sino un ejercicio de orgullo, y sus más altos frutos son la lealtad y la literatura, que se sustentan en ella.

Uno escribe para combatir el olvido, para rescatar en las palabras el tiempo gastado por los relojes, pero sucede, y es ahí donde la aventura empieza, que hay un instante en que la línea recta de la máquina de escribir desciende, como hilo de Ariadna, a regiones no iluminadas por la conciencia, y revela paisajes donde la memoria sumergida se confunde con todos los sueños que no fueron recordados al despertar. Como en un viaje al centro de la Tierra, quien indaga en sí mismo para escribir encuentra océanos sepultados y selvas de las que nunca le dio noticia su razón. La forma, el sabor de una magdalena mojada en una taza de té, la entreabrieron a Marcel Proust el camino para recobrar *le temps perdu*, que no habita en los recuerdos voluntariamente elegidos, sino en la celada que tienden sin previo aviso un sabor o un perfume, pero fue la disciplina insomne de la escritura lo que le permitió ahondar en su propia memoria y erigir una a una, hasta que le venció la muerte, las páginas de un libro que avanzaba contra el olvido con la misma lentitud obstinada con que se imponen al mar los diques que agrandan la llanura holandesa.

Proust, que escribía en la cama, murió en ella sin dar fin a su libro. Nos legó la memoria inacabada de un mundo y de una imaginación que hubieran perecido sin el auxilio de su voluntad, pero tal vez gozó durante unas horas del privilegio del olvido, como esos ancianos felices que sólo pueden recordar los días de su infancia y recobran, en vísperas de la muerte, una inocencia adánica que los absuelve de la vejez y el fracaso. Quiero imaginar que María Teresa León, libre de la soledad, de la desdicha, de la memoria, ha merecido el paraíso y vive en las estancias blancas de una clínica mirando tras los cristales empañados una lluvia tranquila que ocurre, como todas las cosas, en noviembre de 1910.

LOS OJOS ABIERTOS

En el insomnio los ojos llegan a afilarse como las pupilas de los gatos, y las cosas emergen de la oscuridad como empapadas en un cieno que las transfigura, dotándolas de una grave presencia y de una mirada que no poseen nunca a la luz del día; la presencia de lo inmóvil, la mirada sin ojos de una figura que es un encapuchado y un gran animal dormido y luego, al encender la luz, una silla con un pantalón tirado contra el respaldo o las puertas de armario que se han abierto con el mismo roce silencioso que se escucha cuando un vampiro despliega el vuelo de su capa. En el insomnio no ocurren actos, sino objetos, porque un acto exige tránsito y sucesión y las horas del que no duerme no fluyen, o lo hacen con tanta lentitud que uno no puede percibirlas, igual que no puede advertir el crecimiento de una planta o el avance de las agujas de un reloj. Ocurre, pues, la oscuridad, un cuadro desvanecido en ella, un espejo donde pálidamente brilla la luna, la vaga mancha de claridad que se precisa poco a poco en el rectángulo de la ventana, una lámpara apagada, un libro, un cenicero sobre la mesa de noche. La mano, que no quiere pulsar el botón de la lámpara porque encender la luz equivale a rendirse, tantea como la mano de un ciego en busca del mechero y los cigarrillos, choca contra el metal y el vidrio frío del despertador, que señala la duración del insomnio. Entonces, uno se incorpora en el fatigado desorden del lecho y por un breve instante la llama amarilla y púrpura del encendedor devuelve a las cosas su naturaleza diurna: la silla, el espejo, el cuadro, el despertador, se ovillan en su dura coraza con la cautela de esos animales que fingen la quietud de las cosas cuando los hiere la luz. Queda luego, en el espejo, entre los dedos, el ascua del cigarrillo, que al avivarse alumbra un rostro desconocido, la esfera del reloj, queda el olor agrio del humo suspendido en el aire, y la espera, y los ojos cerrados contra la almohada, contra el miedo antiguo a los perseguidores de saco y cuchillo de los cuentos, contra la luna helada. Uno cierra los ojos apretando los párpados para no ver la oscuridad ya translúcida, pero la conciencia, que se niega al sueño y al abandono del olvido, agrupa y enreda minuciosos recuerdos, trenza imágenes y palabras sin orden ni auxilio de la voluntad, invoca sombras, rostros, y no hay nada que a esa hora no cobre la pesadumbre de una culpa incierta y tan física, sin embargo, como el insomnio o el calor o el peso de las sábanas.

Si no dormir es un castigo, debe haber una culpa ignorada que lo justifique, razona el sonámbulo, pero nadie sabe la deuda que está pagando con su desdicha, del mismo modo que a nadie le está permitido saber cuál de sus actos o de sus deseos le hizo merecer la recompensa de diez minutos, de todo un día de arrasadora felicidad. A veces, sobre la mesa de noche, junto a los cigarrillos y el libro, hay un frasco con diminutas dosis de sueño, pintadas de colores claros, rosa, azul, blanco, amarillo, como los paisajes distantes de los espejismos. En ellas está contenida la posibilidad del desvanecimiento, que puede prolongarse, o perderse, en el gran mar donde se extravían los que murieron durante el sueño, después de tomar una a una, como semillas de loto, las cápsulas del frasco que amanecerá junto a la cama donde yacen sus cuerpos tan dulcemente dormidos.

«Yace la vida envuelta en alto olvido», escribió, aludiendo al sueño, don Francisco de Quevedo, que padecía, como Kafka, el suplicio de no dormir, la obligación de recordarlo todo y deambular sin descanso por los dédalos de la memoria, cuyo último sótano, donde terminan todos los pasillos y las escaleras circulares, es también su punto de partida, el dormitorio que la pupila, al ceñirse a la sombra, va descubriendo y poblando de formas no siempre familiares, de sonidos que rozan o arañan la quietud del silencio. La puerta cerrada es un guardián alto y oscuro, y en el alféizar de la ventana se posa aquella lechuza que acudía todas las noches a la ventana de la habitación donde agonizaba Franz Kafka, y que levantó el vuelo para no regresar nunca cuando él expiró. La historia es fantástica, pero también es cierta: la cuenta Max Brod, que carecía del talento preciso para imaginarla. En la mirada de Kafka y en la de todos los que no duermen se averigua el brillo del insomnio, que puede ser, como la ceguera de los adivinos, un atributo sagrado, la señal de ese aciago linaje al que pertenece el hombre que, según dijo hace unos días el periódico, lleva treinta años sin dormir. Se tiende en la oscuridad, dice, oye la radio, cierra los ojos, aguarda o cuenta las campanadas de un reloj, espía el tránsito de todos los amaneceres azules y ha olvidado ya la sensación, la tibia misericordia del sueño, que sólo lo visitará cuando le llegue la muerte. Hubo en la Antigüedad un sacerdocio pagano que exigía la misma rigurosa entrega al insomnio. Junto al lago de Nemi, en Italia, había un bosque sagrado, y en él un árbol que era el altar de Diana, y un sacerdote dedicado día y noche a su culto. Siempre solo, rondaba el árbol con una espada en la mano, y no dormía nunca, porque en cuanto se durmiera otro hombre lo mataría para robarle la espada y la túnica y convertirse así en sacerdote de Diana y guardián insomne del bosque sagrado.

DESOLACIÓN DE UNA QUIMERA

La soledad es un navío submarino, una torre junto a un río brumoso donde un hombre, Hölderlin, que ha perdido la razón, murmura hexámetros griegos y escribe extraños mensajes firmados con el nombre de Scardanelli. La soledad es una isla, un faro que alumbra la noche como la única ventana iluminada de una ciudad, una mezquina habitación, en México, en cuyo dintel se apoya el silencioso invitado que la ocupaba, súbitamente enfermo, y se derrumba despacio, como si lo tragara la muerte, en el amanecer del 5 de noviembre de 1963. La soledad es un extranjero que camina por las aceras de Sevilla, de Madrid, de Londres, mirándose en los escaparates o espiando los cuerpos que pasan y se reflejan en ellos con los mismos ojos asombrados por la belleza y el deseo que nos siguen mirando veinte años después de su muerte: pálido y joven, el bigote exiguo, el pelo negro y brillante por el fijador, usa botines y camisas de seda y guantes de tacto tan sensitivo como el de las manos que cubren, y ama con igual pasión las sonatas de Mozart y los lentos blues que lo conducen, como trenes nocturnos o blancos vapores del Mississipi, a un Sur *de ligeros paisajes dormidos en el aire* donde ningún placer ha sido prohibido, donde la desesperación o la culpa —esa mirada cobarde, esas manos enguantadas que no se atreven a la caricia— no tachan la hermosura de ningún cuerpo. La soledad, que vuelve invisibles a los hombres, es Luis Cernuda, invisible y solo, desterrado de todas las cosas y de todas las ciudades desde el día en que tuvo uso de su razón y de su cuerpo hasta esa mañana de un lejano noviembre que nadie se ha acordado de conmemorar a tiempo, como si transitara por la posteridad tan sigilosamente como lo hizo por la literatura y la vida, como si a pesar de las antologías y los homenajes residiera para siempre en ese lugar del olvido donde quiso que estuvieran su corazón y su memoria.

«Lo recuerdo muy bien —escribe Moreno Villa—, con sus zapatos gruesos ingleses revestidos de botines blancos, su traje sin arrugas, muy planchado, su camisa limpia y con buenas corbatas, su buen sombrero verdoso y sus recios guantes.» Surge en las esquinas de las fotografías, con una breve sonrisa de fugitivo, queda su rastro en las palabras que escribieron otros, que aluden a su presencia sin llegar a rozarla: lo veía de lejos la mujer de Octavio Paz, en una playa de Valencia, en el verano de 1937, y era tan solitario y ajeno que lo tomó por un inglés: lo veía Vicente Aleixandre entrar silenciosamente en su casa de Madrid o paseando por la ciudad con la desesperada elegancia de los hombres solos... «como si simbólicamente su mano, al caminar, apartase fachadas y gentes, unas y otras en doble onda parecían ceder, retraerse, y Luis pasaba lejano, acaso un poco angustiado, ávido quizás de proximidad y de suma, por la calle ensanchada». Lo vio Rafael Alberti: «Moreno, delgado, finísimo, cuidadísimo. Muy pocas palabras aquel día.» Uno busca en los libros para recordarlo y suma las miradas plurales que se detuvieron en él, pero Luis Cernuda huye siempre y no deja tras de sí sino la doble y hermética máscara de su elegancia y su silencio, señales de la soledad, perfil vacío de su ausencia, de un aceptado castigo.

Alguien ha escrito que no se puede amar impunemente la belleza. Los perros de Acteón persiguieron y desgarraron a su dueño, que había cometido la audacia de contemplar a Diana mientras se bañaba desnuda. En una de sus narraciones en prosa, Luis Cernuda, que amaba Grecia porque también en ella está el imposible Sur, cuenta la fábula de Apolo y Marsias, secreta metáfora de sí mismo, y de su propio destino: Marsias, con exaltada inocencia, reta a Apolo y le disputa la primacía en el ejercicio de la música, y el dios, vengativo y celoso, lo condena a un suplicio atroz, porque la poesía y la música son dones que sólo a los dioses pertenecen, y el hombre que los arrebate para sí merecerá el mismo castigo que Prometeo.

La soledad es Luis Cernuda, y también el destierro, y la huida, y el oficio inútil de escribir y no resignarse a la muerte en vida de quien ha sido abandonado por una pasión y un cuerpo: «No es el amor quien muere —escribió—, somos nosotros mismos.» Pero el suyo fue un destierro íntimo y definitivo, una señal de ceniza que iba siempre con él como el color de sus ojos o los gestos de sus manos y que lo separaba de los otros hombres mucho antes de que la guerra y la distancia lo alejaran de España. Durante veinticinco años fue un extranjero en Londres, en Oxford, en Edimburgo, en Nueva York, en México, pero no lo fue menos en Madrid y ni siquiera en Sevilla, en cuya alta luz concibió por primera vez el deseo de la poesía y vio cuerpos tan imperiosos y prohibidos como el de Diana. *Sigue, sigue adelante y no regreses*: En Sevilla y en Madrid lo acuciaba la nostalgia inversa de conocer hermosas ciudades que no había visitado nunca y a las que amaba tanto, sin embargo, que llegar a ellas sería un ya adivinado regreso. Cada ciudad, y cada amor, no eran un refugio, sino una invitación a la huida hacia otras ciudades y otros cuerpos que sin remedio se alejaban o desvanecían para no permitirle el consuelo, y tal vez la mentira, de una patria, de una sola certeza, de un porvenir no inhabitable.

He visto sus últimas fotografías, y ahora sé cómo debo imaginarlo en sus días finales, en la habitación de esa casa donde vivía como un precario invitado, como un huésped, pues ni siquiera tuvo una casa propia donde envejecer y morir. El pelo cano y muy peinado, el bigote blanco, un pañuelo en el cuello, el gesto levemente británico de morder la pipa, los labios apretados, los ojos velados y fijos en una distancia sin regreso posible. Nadie lo vio morir: lo hallaron caído y solo, en bata, con la bolsa de aseo y la pipa junto a su cuerpo, como si hubiera madrugado para recibir a la muerte. Treinta y dos años atrás, en 1931, había escrito: «Guardad los labios por si vuelvo.»

BESTIARIO SUBMARINO

Es hora de cerrar las ventanas circulares, de descender de los anaqueles de la biblioteca y olvidar por un tiempo el fonógrafo de loto azul y la acristalada cabina donde están los mapas del fondo del mar y el gran timón de madera bruñida del Nautilus: es hora de que la conciencia se afile y la mirada baje hacia los bolsillos y los cajones donde ellas —o ellos, que igual da— están, esperan, huyen como menudos lemures o se multiplican en cortejo entre los dedos y los papeles y las patas de las mesas, igual que esas criaturas de cabezón bufo tocado con un embudo a guisa de morrión y piernas injertadas en las orejas que aparecen en los rincones de los cuadros de El Bosco, y a las que los Bestiarios medievales daban el nombre de *grilla*. Habría que escribir un Bestiario donde no aparecieran los basiliscos ni los hipogrifos ni ninguno de esos monstruos de cuantía menor cuyo espanto viene disculpado por una incurable propensión a la irrealidad y la poesía, sino los otros, los cotidianos y viles, los que habitan clandestinamente cualquier resquicio entornado en las costumbres de la soledad, las más leves trampas de su topografía, de tal modo que terminan por adueñarse de ella y lo rinden a uno y lo maniatan con sus maromas de telaraña como maniataron los enanos de Liliput al cándido Gulliver. Tienen la perfidia de los roedores, tienen la cautela y la voracidad de la carcoma, son ubicuos y fugitivos como las cucarachas y tan aficionados al silencio y la noche como las gotas metódicas de los grifos, pero no se conoce un insecticida que los pueda combatir ni un cebo tan invitador que los anime a sucumbir al engaño de una ratonera, porque recelan de todo, no sólo de la súplica o de la ira, sino también de esa herida y acechadora indiferencia que algunas veces fingimos para atraparlos o usarlos, y que no es sino el indicio de nuestra servidumbre a su multitud aliada contra nosotros.

Carecen de decencia, y de sexo, y aun de una forma que nos permita distinguir su cabeza y sus ojos y hocicos y las diminutas extremidades que sin duda poseen y que les sirven para encontrar cobijo en el último bolsillo de una chaqueta donde nunca se nos ocurrirá buscarlos o para encaramarse como caracoles en la cima de un armario a la que no llegan las manos ni la mirada.

Se enquistan bajo las teclas de la máquina de escribir, huyen con sus extremidades membranosas y retráctiles que nadie sabe dónde guardan, se deslizan desde la mesa a las páginas cerradas de un libro en cuanto uno deja de mirarlos, y a veces se congregan sin motivo alguno en los bolsillos y se enredan entre los dedos provocando la confusión en quien busca a toda prisa una llave o el dinero preciso para pagar un taxi, pues tienen la cualidad resbaladiza y acuosa de los peces y también la sólida obstinación de las valvas de los moluscos, lo cual no les impide volverse transitoriamente invisibles o diluirse como camaleones en el color de una mesa o en una hilera de libros que son testigos mudos y cómplices de su desaparición: también los libros, al fin, aunque de condición más leal, pertenecen a la misma rama de la zoología, y saben encubrirse y perderse los unos entre los otros sin renunciar nunca a la compostura de sus graves lomos alineados.

Su vocación es el desorden: No hay modo de agruparlos o dividirlos en clasificaciones de entomólogo que no sean enseguida desbaratadas por el desconcierto, pues sólo tienen en común, aparte de la perfidia y el tamaño (no hay ninguno que no quepa en el hueco de la mano o en un bolsillo) el hábito de frecuentar la oscuridad, los rincones, el envés de las mesas, los forros de los abrigos, el paisaje como de polvo lunar que suele haber bajo las camas y encima de las estanterías más altas: cuando se esconden allí, el único modo de descubrirlos es rezar cierta oración a san Antonio de Padua, y entonces, aunque no siempre, regresan dóciles y quietos al lugar de donde habían huido, a la mano que tan inútilmente los reclamaba. Les damos nombres, para imaginar que nos pertenecen, que tienen una forma única y previsible. Los llamamos moneda, llave, caja de cerillas, grapadora, lápiz, guante, reloj, cepillo de dientes, monedero, encendedor, lima de uñas, pero acaso ésos no sean sus verdaderos nombres o los nombres que usamos no los designen del todo, porque aluden a su apariencia inerte, a lo que son mientras los miramos y nos obedecen, y no a lo que sucede en ellos cuando se quedan solos o cuando aprovechan el instante en que nadie los mira para borrarse, contra toda evidencia, de la inmediata realidad o emprender una mezquina sublevación contra su dueño, como esas cerillas que no arden y esas llaves que un día se niegan a abrir la puerta que siempre abrieron, como esas tijeras vengativas que se desvían del papel para morder la mano que las usa. A modo de advertencia, René Magritte pintó una vez una pipa plácida e indudable y le puso al pie unas palabras escritas con caligrafía de cuaderno escolar: «Esto no es una pipa.» Quién sabe si la cosa que tengo bajo mis manos agazapada y convulsa y moviendo de derecha a izquierda su cabeza cilíndrica con secos golpes metálicos y pisadas de ciempiés es una máquina de escribir.

COMO MUEREN LOS HÉROES

El fin de un mundo, del mundo, no está siendo anunciado o cumplido por la coincidencia, banal, entre el número del nuevo año y el título de una novela mediocre, sino por la codicia con que la muerte está derribando a los últimos aventureros que han levantado la imaginación de este siglo, abriendo a la conciencia y a la mirada de los hombres mundos que nadie hubiera conocido sin la mediación de su severa audacia de descubridores y agregando a los catálogos y a las enciclopedias palabras, pájaros, criaturas que fueron fantasmagorías reprobables y hoy nos son ya tan usuales como las monedas o los sueños. Tediosamente los periódicos se afilian a la conmemoración de George Orwell y enumeran y apuran sus profecías, pero, tal vez porque en la biblioteca del Nautilus no hay ni un solo ejemplar de *1984*, yo elijo como señal del tiempo esa costumbre triste de las necrologías que nos viene obligando a escribir el elogio póstumo de los muertos recientes y permanecer atentos a los almanaques para no eludir la celebración de ningún aniversario. Parece que la vida es algo que sucedió en otro tiempo y que nos gana la certidumbre de que sólo es posible recordarla y contar los años que nos separan de ella. Parece que hace veinte años de casi todas las cosas, y la muerte de Joan Miró, de la que apenas han pasado unos días, es ya tan remota como la de Picasso o la de Luis Cernuda, pues al igual que ellas señala el límite de un tiempo que nunca nos perteneció.

Una de estas tardes de niebla y frío regresé a las estancias menos visitadas del Nautilus urgido por una nostalgia tenuemente invernal de horas antiguas junto al fuego y libros tan íntimos que su lectura era un atributo de mi propia imaginación, de la indolencia, y encontré el primer ejemplar de *Veinte mil leguas de viaje submarino* que tocaron mis manos y bebieron mis ojos en un invierno de hace diecisiete años. Tenía los ángulos de las páginas gastados por el uso y la portada precariamente unida al lomo con celofán, y parecía que al abrirlo de nuevo fuera a deshacerse o a dejar en mis dedos un polvo amarillo como de ala de mariposa, pero allí estaba el olor y la olvidada tipografía, y la firma cándida e irreconocible en la primera página bajo la fecha exacta en que por primera vez se me abrieron las escotillas del buque submarino y los misterios del mar. Abrí el libro al azar y encontré unas palabras del capitán Nemo que no recordaba haber leído nunca, como si nunca, hasta ese instante, las hubiera merecido: «las diferencias cronológicas se borran en la memoria de los muertos». He escrito aquí que Luis Buñuel ya estaba muerto cuando lo murieron los noticiarios y los médicos, porque había serenamente dimitido de vivir, a la manera de los héroes, para mirar el mundo y su propia memoria con la clarividencia y la ironía que sólo se alcanzan del otro lado de la muerte. Así quería escribir Valle-Inclán, así ha escrito Jaime Gil de Biedma algunos poemas imborrables, pero esa *madurez insigne del conocimiento* tiene algo de tentación oscura y de consuelo para la rendición, para el trance irrevocable hacia una lucidez que desmiente la rabia o el fervor de la voluntad y deshabita al deseo de sus espejismos.

Solo y desasido, como él mismo escribió, de todo lo presente y lo pasado, se extinguió José Bergamín, un mal día de 1983, pero aún faltaba una tercera muerte para culminar con el año la víspera de los augurios: Buñuel, Bergamín, Joan Miró. También, si uno entorna los ojos e ignora esas subdivisiones de la nada o del tiempo abolido que son los calendarios de los años lejanos, Neruda y Pablo Picasso, y Paul Cezanne, y Tiziano. Las diferencias cronológicas se borran en la memoria de los muertos, y sus pinturas o sus libros ocupan un espacio igual en el museo imaginario del Nautilus, donde muy cerca de cierta pálida afrodita del viejo Tiziano y de una aguatinta donde Picasso, con vencida ternura, dibujó al final de sus días a un anciano que contempla el abrazo de una muchacha y un sátiro, hay una de las constelaciones nocturnas de Joan Miró.

Sólo esa persistencia en la vida nos salva del agobio de las necrologías, sólo la elegancia con que esos ancianos ascendieron al límite de la sabiduría y de la edad puede ofrecernos el alto ejemplo de una vida donde la dicha y la lucidez se alían para sustentar el ejercicio del Arte, y aun aceptando la muerte, no aceptan el miedo ni la desesperación, sus peores emisarios. Los periódicos, que habían espiado la agonía de Joan Miró para prevenir a tiempo las fogosas, las consabidas notas necrológicas, se han apresurado a olvidarlo en beneficio de las mustias parábolas y vaticinios de Orwell. Ignoran, o callan, que la peor de todas las adivinaciones es la de un porvenir donde no existan hombres que vivan o mueran como Joan Miró, aquel anciano jovial que pintaba vestido con un mandil azul como de colegial o de tendero y tenía los dedos manchados de pintura.

LAS CIUDADES EXTRANJERAS

Tan hermosa como un cuerpo conocido y deseado con la plenitud que sólo concede el conocimiento: tan hermosa y así de hostil algunas veces, como si nos excluyera de su belleza, dejándonos desterrados en el arrabal del desconsuelo, igual que en él tiempo de Atenas era costumbre desterrar transitoriamente a los ciudadanos que no la merecían, para que aprendieran, lejos de sus límites, cómo era su ciudad y cuál era el valor de lo que habían perdido. Así, alternativamente ofrecida y negada, y sin explicar nunca las razones de su actitud —que no es un premio ni un castigo para nuestros actos, sino tan sólo un designio de su secreta voluntad— la ciudad regresa cada mañana y se establece ante nosotros, dentro de nosotros, y nos revive o nos asedia y nos guía hacia el cumplimiento desganado de un catálogo de costumbres que a veces guarda un cierto parecido con la felicidad. De tanto caminar por ella ha dejado de ser un paisaje para convertirse en un estado del espíritu: su delicada forma, las fronteras donde termina arrasada y vacía, no son el escenario de la conciencia, sino su trama misma, del mismo modo que la memoria personal se disgrega o tal vez cristaliza en la gran memoria de la ciudad, donde sucedieron todas las cosas, las públicas y las innombrables, las olvidadas y atroces y las que nunca llegaron a suceder, pero existen, y ocupan un lugar no visible del aire, igual que esas urnas vacías de los museos donde un rótulo nos advierte que hay un objeto preciso que pertenece a ellas. En los lugares íntimos de la ciudad, en las mesas de mármol de algunos bares antiguos, en los zaguanes no pisados, hay nombres escritos y sombras que llaman al que pasa a su lado, fingiendo una sonrisa o dibujando en el vacío el gesto de una mano, y hasta el rojo recién encendido de un semáforo puede ser una invitación o una contraseña privada.

Andar, entonces, repetir una mirada o sorprender en los relojes públicos una hora que contuvo alguna vez la posibilidad de una cita, es un ejercicio de lealtad, no a uno mismo ni a nadie, sino a la biografía que la ciudad escribe para nosotros o en su solo beneficio, como si fuéramos personajes de un libro que avanzan a tientas sobre el azar de una página en blanco que está ya escrita en la imaginación de quien sostiene la pluma. Todo, o casi todo, ha sido ya escrito, y tal vez sea de esa certeza de donde proviene el indisimulado placer de repetir cada día palabras, pasos y gestos iguales, y de llegar a la misma hora al mismo café de fatigados espejos y reconocer en las manos el frío usual de la barra de cobre mientras al otro lado de los cristales el sol desciende sobre las luces grises de la mañana, deslumbrando las aceras húmedas con una incrédula claridad que permite, al menos, descubrir como un prodigio la transparencia del aire. Hablo de esos dones menores, de la amistad, que atenúa el destierro, del periódico y las manos en los bolsillos y la desocupada atención a todas las cosas y los rostros que vuelven a sucederse día tras día con la misma exactitud de las figuras que desfilan al dar las horas ante los relojes de ciertas torres góticas. Hay, tras la complacencia en esa reiterada lentitud, el deseo de pertenecer a un lugar más duradero que nosotros mismos y a un tiempo que no se escapa hacia el desorden del porvenir y la muerte, sino que vuelve, tranquilo y algo indócil, como vuelven el mismo día y la misma luz y la fidelidad de unos pocos amigos.

Pero a veces renegamos de la ciudad porque otros nombres nos inquietan, porque una fotografía o el cartel de una agencia de viajes o una sola palabra, Praga, Nueva York, Estambul, nos avisa que el mundo no se termina en el límite de nuestra mirada, y que acaso esa costumbre que llamamos lealtad no sea sino el indicio de una resignación más sombría que el fracaso. Como si alguien, al decirla, enunciara en voz baja un placer que nunca nos habíamos atrevido a concebir, la palabra, el nombre de la ciudad extranjera siembra un deseo y una rabia rebelde contra la propia vida, contra las calles que la resumen y ciegan, y la imaginación, que ha vislumbrado otros mundos, exalta y no sacia la perentoria voluntad de renegar de todo para conocerlos. Hay viajeros que cuentan, hay libros con fotografías y catálogos en color que disciplinan la fábula de las ciudades ofreciéndolas no como el fruto de un viaje mitológico, y por tanto imposible, sino de una cierta configuración de horarios y pagos aplazados que atestiguan la existencia de un sueño sin dejarnos siquiera, como consuelo cobarde, la disculpa de su irrealidad. Cada mañana, cruzando a la misma hora los semáforos de todos los días, acodados, frente a la calle de siempre, en el mostrador del café donde nos reconocen los espejos, hablamos de las ciudades extranjeras, de la brumosa Praga, donde las calles son anchas y desiertas como el curso de un río y tienen bajo la lluvia el mismo brillo pardo de las lentas aguas en las que se reflejan las torres de las iglesias barrocas: hablamos de Praga, y de Viena, de Budapest bajo la nieve, de Nueva York, donde nos han dicho que hay, en el centro de las avenidas, bosques de bambúes encerrados en invernaderos de cristal tan altos como las cornisas de los edificios. Apurando el café, la desidia, salimos a la ciudad y al frío, procurando eludir, sin demasiado éxito, la sospecha de que no era éste el lugar donde nos aguardaba la vida.

LOS DIOSES DEL MAR

Cuentan las crónicas que una tranquila sublevación se ha levantado en Italia contra el posible viaje a los Estados Unidos de los dioses o guerreros o atletas de bronce que hace algunos años fueron rescatados del mar, muy cerca de la costa de Calabria, con su formidable estatura mayor que la de ningún hombre y sus rasgadas cuencas vacías donde alguna vez miraron pupilas de lapislázuli. Los guerreros, los dioses o atletas de Riace —es imposible saber cuál de las tres cosas fueron, acaso porque poseían esta triple y única naturaleza que su severidad nos obliga a asignarles— fueron exhumados a unos metros de la playa, en una bahía de aguas muy poco profundas y tal vez transparentes, de tal modo que el mayor milagro no es el de su aparición, sino el de su larguísima permanencia bajo las aguas, como si desde el día de su naufragio se hubieran entregado voluntariamente a un sueño de veinticinco siglos semejante al de los siete durmientes de Éfeso o al de esas doncellas que aguardan en la cama con dosel de un gran castillo desierto la llegada y el beso del caballero que las salve, a ellas y a su reino, de la infinita catalepsia.

Sin duda los guerreros de Riace eligieron la hora y la plácida sima de su naufragio y el siglo futuro en que un buceador los descubriría bajo las aguas iluminadas del Mediterráneo. En otro tiempo era usanza de los dioses descender al final del último acto de las tragedias a la grupa de alguna máquina teatral para juzgar a los personajes enmascarados y repartir entre ellos la ceguera o la dicha o el don aciago de la adivinación. Ahora, aquellos dioses abolidos y catalogados, a lo sumo, en las salas de los museos, repiten de siglo en siglo sus epifanías, pero no en máquinas que los sostengan sobre el asombro de las multitudes agrupadas en los teatros para recibirlos, sino ascendiendo desde las fosas del mar y desde las zanjas que abren los picos de los arqueólogos y las rejas casuales de los arados. Vuelven a la luz como supervivientes de un naufragio, como reyes destronados que guardaran en el destierro el hábito indeleble de la dominación y el orgullo, y no es preciso que se averigüen sus nombres para que impongan en quien los mira la fascinación de lo sagrado, porque hay en sus rasgos borrosos y en sus duros gestos amputados la misma gravedad inmóvil de los árboles y de la materia mineral, inmune al tiempo y más perdurable que los hombres y su capacidad de olvido. No sabemos qué palabra en qué idioma olvidado servía para conjurar y nombrar a la Dama de Elche o a la Dama de Baza, pero su sola y despojada presencia convierte en santuario el ámbito del aire que ocupan y en sitial de su divinidad el suelo donde se sustentan.

Como Afrodita, que vino al mundo en las playas de Chipre, las estatuas de Riace pertenecen a una estirpe de dioses nacidos del mar, y más propicios, por eso, que las divinidades terrenales, a propagar entre los hombres el júbilo, y no el miedo, devolviéndoles ese entusiasmo que para nosotros no es sino una vana exageración de la alegría, pero que significa, literalmente, la posesión por un dios. (También las palabras usuales, como el suelo que pisamos todos los días, encubren desconocidos yacimientos.) Los dos guerreros que todavía parecen sostener sus escudos y lanzas partieron de Grecia en los días de la edad de oro para ocupar pedestales que nunca llegaron a sostenerlos, porque el mar hundió el buque donde los transportaban, y su viaje fracasado se prolongó así en el tiempo hasta izarlos ante nosotros con todo el brío de una belleza que nos deslumbra porque no es de este mundo y exige no la admiración, sino el arrebato. Dos pedestales quedaron vacíos para siempre en una plaza de Italia, pero al cabo de veinticinco siglos los atletas, guerreros o dioses que debían ocuparlos volvieron para recobrar la gloria de sus cuerpos de bronce bajo la cúpula de un museo donde, por una vez, irrumpió la vida, convirtiendo en pública y arrasadora pasión el frío deleite de los contempladores de estatuas. Dicen que ante los guerreros de Riace, cuyos pies desnudos se asientan sobre la lisura del mármol como raíces de olivos, la gente queda transfigurada en una silenciosa exaltación, como si los abrumara la forma exacta y única de la belleza que no invita a la contemplación, sino a la urgente búsqueda de una vida semejante a la que hizo posibles esos cuerpos.

Ahora el gobierno americano quiere que los guerreros viajen a la Olimpiada de Los Ángeles, pero nadie, en Italia, se resigna a perder, aun transitoriamente, su presencia. Temen tal vez, porque uno siempre teme el despertar cuando alcanza el fruto de un sueño, que las estatuas de bronce no vuelvan nunca: que su aparición en una playa de Calabria haya sido el tránsito hacia un viaje definitivo bajo las aguas de otro mar.

UMBRAL DE LA PINTURA

Alguna vez tuve la tentación, eficazmente desmentida por la pereza, de escribir un breve tratado sobre la pinacoteca del Nautilus, a la que Julio Verne dedica una docena de líneas en el capítulo undécimo de *Veinte mil leguas de viaje submarino*. En materia de pintura, el capitán Nemo, que ni siquiera en su exilio bajo los mares había renunciado al lujoso deleite de los brocados y las arañas fulgurantes y los divanes de terciopelo rojo, era un *dilettante* afiliado a los gustos del Segundo Imperio, y si bien es cierto que poseía un Delacroix y un Ingres, también incurría, imperdonablemente, en la devoción por el mediocre Meissonier, que fue el pintor más amado por Marcel Proust en su adolescencia, lo cual prueba que ni aun los mayores artistas y los más severos renegados están continuamente a salvo de la vulgaridad. La adolescencia suele ser una edad muy frecuentada luego por la nostalgia, esa forma de íntima y larga mentira que sólo merece crédito, o disculpa, cuando se convierte en un libro, en una película donde el recuerdo sea levadura y pretexto para la imaginación, pero a veces uno tiene la clarividencia precisa para no mentir y reconoce tristemente que su adolescencia fue, como todas, un boceto malogrado de la de Arthur Rimbaud, una fogosa entrega al estupor y a la melancolía, a ciertos lugares comunes de la literatura de hace un siglo.

A la misma edad en que Marcel Proust citaba a Meissonier en el cuestionario escolar que luego tomaría su nombre, yo visité por primera vez la gran luz amarilla del Museo del Prado y me detuve unos minutos ante *Las Meninas* como ante una puerta cerrada. El gran lienzo sombrío me pareció tan vulgar como una helada fotografía de familia. La adolescencia es iletrada, pero también es temeraria. Como Borges, que amaba en su juventud los atardeceres, los arrabales y la desdicha, yo preferiría entonces el grito al silencio, los puntos suspensivos al punto final, la interjección a la prudencia, el teatro a la quietud de las palabras escritas, y si en el Instituto de aquella provincia hubiera llegado a saberse que el arte de la pintura no se extinguió a finales del siglo XIX, habría preferido, sin duda, el ciego desorden de Jackson Pollock a las geometrías pitagóricas de Piet Mondrian. Pasaba, pues, con esa errante fatiga de los museos que tanto se parece al tedio y al desengaño, de las quietas salas de Velázquez a las de Goya, para exigirme perentoriamente la emoción ante la tiznada oscuridad y los ojos sin luz y los cuerpos cenagosos que parecían agrandar mi sombra alumbrada por una vela contra las paredes de la Quinta del Sordo, porque en aquella edad era preciso ser expresionista sin interrupción y no había misterio más indescifrable que el de la claridad. Pero ya entonces la mirada iba advirtiendo, como en una canción extranjera que nos arrasa y nombra aunque no entendamos sus palabras, la naturaleza sagrada y única de las figuras y del aire extraño que habitaba en los cuadros como en una campana de cristal, y bastaba sólo el magisterio del tiempo para que tantos tesoros desdeñados se convirtieran en atributos de la felicidad y el consuelo que prodiga cotidianamente la contemplación de la pintura.

Con los años uno vuelve o llega a Velázquez, a Rafael, a los perfiles dibujados en los vasos griegos, y escoge y ordena sus obras en las estancias del Nautilus apócrifo con la atención y el fervor de un coleccionista que regresara de Italia hacia el fin del siglo XVIII. Con los años uno se afirma en la alucinación de la pintura, pero también descubre su obstinada materialidad y su manera irrevocable de instalarse en el mundo y suceder en el tiempo. Las revistas, la televisión, las malvadas reproducciones de calendario, nos han acostumbrado a suponer que un cuadro memorable y único puede estar en todas partes, ilimitadamente igual a sí mismo, gastado y ya invisible como una moneda, como estas palabras que escribo y que una máquina va a repetir y disolver en manos y en miradas que tal vez no se detendrán en ellas, en lugares que no veré nunca. Pero los cuadros, como los rostros, son del todo irrepetibles. Las fotografías los asedian, pero no pueden apresarlos, sólo atestiguar su lejanía o su ausencia, sólo decir que existen aun cuando no los recordamos, y por eso, poco a poco, se vuelven tan desconocidos como la sonrisa que un hombre atesora y guarda en el retrato de su amante hasta descubrir que ya no reconoce los rasgos donde en otro tiempo se miraba. Recluido en el Nautilus, el capitán Nemo se complacía en recorrer sus lienzos de Rafael, de Leonardo, de Velázquez, presenciando el juego y la materia incesante de la pincelada y la figura, pero sé que había proscrito las reproducciones en beneficio de la memoria, y si alguna vez quería invocar los gestos inmóviles y la serena penumbra de *Las Meninas* revivía despacio la luz del Museo del Prado y el instante en que al pisar la sala donde se hallaba la pintura supo que se había vuelto imaginario, porque era a él a quien miraban y reconocían los ojos de Velázquez.

EL LIBRO SECRETO

Un libro es una carta: esa carta que uno espera todos los días de su vida y que no suele venir, o sólo llega cuando ya es demasiado tarde y no queda en el mundo una sola palabra que pueda bastar para salvarnos. Un libro es una cosa impúdica que cualquiera puede comprar y olvidar como se compra y se olvida un periódico, pero a veces, cuando importa, el libro llega como una cita inesperada al corazón que maduraba esperándolo, y entonces sus palabras impresas cobran la forma de una caligrafía deseada y abrirlo es como hallar en el buzón usualmente desierto una carta que incita al misterio porque no reconocemos la letra que viene escrita en el sobre y nos ha llegado de una ciudad en la que no creíamos existir para nadie.

El libro del que estoy hablando es una carta anónima, una secreta injuria que fue proscrita en el tiempo en que se proscribió y arrasó al hombre que tuvo la audacia no sólo de escribirlo, sino de rasgar su conciencia hasta ese límite sin regreso en que la escritura es el preludio del suicidio o la única absolución posible contra su llamada. Tenaz como los fantasmas y las maldiciones antiguas, como los nombres, pintados con rojo almagre sobre las paredes de las ciudades, que se traslucían luego bajo la cal que quiso tacharlos, el libro ha regresado al mundo y a la ciudad donde se encendieron entonces hogueras ávidas de su palabra, y ya no hay modo de volver a borrarlo ni de decir que no existió nunca, porque el frágil papel, su delgadísimo volumen —se sabe que la palabra es siempre un peligro, y que una hoja de papel puede cortar como el filo de una navaja— ha prevalecido contra la conspiración que intentó abolirlo, vuelto por fin, como escribió don Luis de Góngora, «alma del tiempo, espada del olvido».

El libro tiene veintidós páginas y una cinta roja para señalar el sitio donde se detuvo la lectura, y no hay en él ni un solo nombre y ni siquiera un indicio que permita descubrir quién se ha consagrado, en soledad de alquimista, a la disciplina de imprimir sus palabras reclinándose sobre la máquina que las estampaba en el papel con la perseverancia y el sigilo que tienen los impresores en los grabados alemanes del siglo XVI, cuando la imprenta era todavía un artificio que rozaba la blasfemia, pues permitía repetir lo que hasta entonces había sido un privilegio tan raro que rozaba la invisibilidad. «Granada, 1938», está escrito en el libro, para señalar el año en que regresó a la luz, para que nadie olvide la ciudad donde fue imaginado y donde ahora, al cabo de casi medio siglo, ha vuelto a surgir renegando de los epitafios, de los vacíos homenajes, estableciéndose de nuevo como un enigma policíaco cuya interrogación alude a cada uno de nosotros. Por una vez, la realidad ha tenido la elegancia de ceñirse a la trama de una novela de misterio. Se recordará que en la primavera del año pasado hubo en los muros y en los buzones de la ciudad una invasión de cuerpos desnudos y playas y palmeras del paraíso que alguien había pintado y enviado para encender en las miradas la tentación del deseo. Hubo tres crímenes que nunca llegaron a resolverse, pero el mayor de todos no fue cometido por la navaja o el revólver, sino por los pinceles que habían trazado aquellos cuerpos y por la mano que los manejaba en la no desvelada sombra. En ella, en la sombra, se esconde ahora el cauteloso perseguidor que ha impreso clandestinamente doscientos cincuenta ejemplares de los *Sonetos del amor oscuro* y los ha repartido como una sola carta en ciertos buzones de la ciudad y de España. Son un regalo, pero también una contraseña y una provocación, porque al aparecer de pronto y venido de ninguna parte el libro pierde su naturaleza pública para convertirse en una privada invocación, como si sus páginas fueran un espejo concebido únicamente para el rostro que se asoma a ellas y sus palabras quedasen despojadas del silencio de la tipografía para repetir la voz de Federico García Lorca, oscura y sola y libre por fin de las sucias adherencias que le vienen añadiendo desde que murió adoradores y exégetas más letales que el olvido.

Sin anunciarse de antemano, como la pasión que lo anima, como el amor y el hombre condenados a la sombra que laten en el ritmo seguro de los endecasílabos, el libro ha recobrado una ternura tan hermosa y secreta que nadie puede ser invulnerable a ella. El día en que se tuvo noticia de su aparición conocimos las primeras señales de una voluntad y de una fábula que sólo ahora empiezan a sugerirse, pero cuya arquitectura final sólo existe en la imaginación del hombre que imprimió los libros y eligió el destino de cada uno de ellos, sabiendo que un libro elige siempre a su lector único. Pienso en ese hombre que está entre nosotros y nos espía para averiguar el influjo de su solitaria conjura: acaso lea estas palabras y sonría con un leve desdén, como si ya hubiera sabido que se iban a escribir y que ocupan un lugar en la trama que sólo el conoce.

MANUSCRITO HALLADO
EN UNA OFICINA

Hay ciertas trampas de la literatura que tienen la virtud de revelar lo azaroso y mágico de su condición, porque la obligan a dar un paso hacia la realidad y a confundirse con algunas de sus apariencias, contaminándola como un veneno de sus fantasmagorías, y proponiendo al lector un juego de sombras donde lo verdadero y lo imaginario no siempre logran mantenerse en sus mutuos y enconados límites. Se trata de un juego semejante al que solían urdir los pintores de escenografías barrocas, cuando trazaban en los muros ciegos de los palacios puertas o ventanas ilusorias y perspectivas de corredores que sólo un fantasma hubiera podido transitar, cercando así unos instantes, paréntesis en el tiempo, en que la mirada, cautiva de su propio engaño, se extravía en un espacio de nadie donde se han desdibujado las distancias entre lo pintado y lo vivo, entre el sueño del pintor y el sueño de quien mira su obra, sombras iguales en la caverna del mito.

De igual modo la literatura, como un conspirador en noche de Carnaval, sale algunas veces a la calle vestida con los atavíos de las cosas reales, rigurosamente enmascarada de verosimilitud, como si no le bastaran sus propias armas y sintiera la tentación de adueñarse también de las del enemigo al que combate. En su destierro de México, Max Aub, a quien nadie lee ya, para que ni siquiera después de muerto pueda volver a su patria, escribió una sólida biografía del pintor Jusep Torres Campalans, que había sido muy amigo de Picasso en los años bohemios de la miseria y las señoritas de la calle Aviñó, pero que no supo o no quiso hacerse, como él, rico y filisteo a costa de la pintura. Cuando se publicó el libro, que contenía fotos del rescatado Campalans e incluso reproducciones de sus mejores obras, Max Aub le organizó una exposición que fue muy elogiada por la crítica, ganándole al esquivo pintor el privilegio de que su nombre fuera inscrito en el índice de alguna enciclopedia cándida. Hasta que Max Aub lo descubrió y vindicó, Jusep Torres Campalans se había salvado de la fama gracias a lo huraño de su carácter y a su temprano retiro de la pintura, pero sobre todo porque no había existido nunca: sus fotografías con Picasso eran trampas de laboratorio; sus cuadros, pastiches apócrifos, y la grave biografía que le escribió Max Aub, una novela que sólo accedió a revelar su verdadero nombre cuando ya había escarnecido la petulancia de los críticos y vulnerado sin escrúpulos los atributos notariales de la realidad.

El juego es antiguo: también es inagotable. Permite al escritor fingir que no es un forzado de la imaginación y la pluma, sino un elegido del azar, que puso en sus manos un legajo olvidado, un manuscrito perdido en el abandono de un baúl, entre los volúmenes de una biblioteca que nadie visita, en una botella que algún náufrago arrojó al mar. La narración escrita es un círculo dentro de otro círculo donde su propio autor se ha convertido en personaje. Cervantes, que lo supo todo, cultivó como nadie las delicias de este juego, cuando cuenta su hallazgo de los cartapacios escritos en lengua arábiga por el sabio moro Cide Hamete Benengeli o detiene abruptamente la narración en un capítulo del Quijote porque no ha encontrado en los archivos de La Mancha el documento que le permita saber cómo continúa. Uno de los más misteriosos relatos de Edgar Allan Poe es la copia de un manuscrito encontrado en una botella, y en el *Octaedro* de Cortázar hay un cuento que no es tal, porque fue encontrado en el bolsillo de un hombre que acababa de suicidarse en las vías del metro.

Hace poco, conté aquí, un hombre concibió en Granada el regreso de un libro como una novela policíaca, cuyo paisaje es la misma ciudad y cuyos actores podemos ser cada uno de nosotros.

Ahora el juego de los manuscritos se ha iniciado de nuevo en una oficina de Madrid con tan cuidadosa obediencia a las normas de la literatura que no es difícil sospechar tras él un designio más sabio que la casualidad. En los sótanos de un edificio de la Policía, entre una ciénaga de expedientes atados con cuerda de embalar y mordidos sin duda por la humedad y el tiempo, se han encontrado manuscritos inéditos de don Manuel Azaña, páginas de su diario que se creyeron perdidas definitivamente en el desorden de la guerra, borradores literarios de su juventud, fotografías de pasaporte tomadas en 1930 en las que don Manuel tiene la sonrisa triste de quien ha aceptado la mediocridad del presente y adivina la ingratitud del porvenir. El escenario lóbrego de su aparición, los años larguísimos que permanecieron *en el silencio del olvido*, el azar que nos los ha devuelto, otorgan a los manuscritos recobrados de don Manuel Azaña la misma cualidad de revelación o necesaria mentira que tienen los cuadros de Jusep Torres Campalans y los cartapacios encontrados por Cervantes en una sedería de Toledo. Los periódicos, los entendidos, discuten ahora la importancia del hallazgo y se apresuran a asignarle un lugar en cierto capítulo inacabado de una historia lamentable y real. Pero los manuscritos de Azaña, sus cartas, sus fotografías, las cuerdas que los ataban y el cajón donde yacieron durante tantos años, pertenecen a la historia de la literatura.

ORFEO NEMO

Porque uno, al escribir, siempre le escribe a alguien, hoy quiero escribirle a usted, a quien nunca vi, como si pudiera escucharme o abrir estas páginas como quien abre una carta y sonríe leyéndola camino del ascensor y luego la guarda en un bolsillo y la olvida. A quién, si no, podría escribirle que entendiera esas cosas que ocurren tan levemente que casi no ocurren, esas aventuras de microscopio que suceden en la fisura entre dos instantes, en el espacio vacío y blanco que hay en el reverso de las hojas de los calendarios, entre los dedos, en el aire, en los océanos de cenizas y en las selvas de sueños mineralizados por la soledad que unos cronopios astronautas del siglo pasado vieron o imaginaron que vieron en la cara oculta de la Luna. Sólo a usted, de quien aprendí lo tenue que es el tejido de la realidad y el número giratorio de mundos que caben en uno solo, puedo explicarle lo que sucedió esta mañana de lunes iluminado como un domingo, en uno de esos lugares quitinosamente acorazados contra el azar y la dicha, en los que algunas veces, sin embargo —también eso lo aprendí de usted— uno puede sentir que una cosa delicada y blanca le sube garganta arriba y se le posa en la lengua y luego en la palma de la mano, y es un conejo recién nacido de uno mismo que mueve el hocico rosa en la cima de un escritorio y se pierde enseguida entre las patas de las mesas y los papeles timbrados para instalar su guarida tan cálida en el último cajón de un armario fuera de toda sospecha.

En esos sitios uno ya sabe que no va a ser feliz, pero también que es difícil que lo fulmine una desgracia, así que uno se sienta, fuma, habla del tiempo, mira por la ventana la luz de un lunes de febrero que parece domingo, y cuando a eso de las diez y media toma el periódico con la inconsciencia de quien enciende un cigarro, la realidad, esa costumbre, se rasga desde la primera página del periódico hasta el corazón desprevenido, y por la desgarradura que ya no hay modo de cegar —así inunda incontenibleme la bodega de un barco condenado al naufragio— irrumpe un turbión de sombra en la mañana del lunes, y la deshace, y la niega, igual que esas manchas redondas, amarillas, púrpura y al final negras, como erupciones solares, que surgían en un paisaje o en la sonrisa de una muchacha cuando se quemaba la película en los cines antiguos.

Usted siempre supo que cualquier gesto puede ser irreparable, que subir una escalera es tan difícil como escalar el Everest, que meter la cabeza en ese manso jersey de todos los días puede convertirse en telaraña y desesperación y suicidio. Usted entenderá, desde luego, si le digo que había un alacrán emboscado en la primera página del periódico, abajo, según se mira, junto a la noticia de un partido de fútbol o de una guerra lejana o de un crimen. Inútil soltar el periódico y sacudir la mano, porque el alacrán ya huía con su arboladura de veneno, inútil fingir que no era demasiado tarde para detener el maleficio de su picadura o para regresar a la inocencia de las diez y cuarto, cuando aún era un lunes como un domingo de abril y yo ignoraba lo que desde ayer por la noche estaban repitiendo los noticiarios, lo que había sucedido el domingo en un hospital de París. Uno entiende, uno acepta con un poco de indiferencia o de dolor que mueran los muertos y que a los muertos les erijan momias o lápidas. Uno mismo, a veces, ha escrito necrologías de urgencia y leído libros que eran reliquias de voces sobrevividas en el papel, pero no puedo, a pesar del alacrán, que aún escuece, a pesar del periódico y de esta mañana de lunes, no puedo pararme ante un espejo como un actor y decir en voz alta, con la adecuada entonación, que usted ha muerto, que la muerte, *et in Arca-*

dia ego, como en aquel cuadro de Poussin, se deslizaba por la Arcadia del domingo y el lunes con el sigilo de un reptil, no sólo desde la cama numerada de un hospital de París, sino desde muy atrás, desde sus secretas venas donde ya se alojaba, desde su estatura salobre de marinero nunca encanecido, nunca doblado por el infortunio ni el mar.

Por eso me he atrevido a escribirle: si yo puedo abrir uno de sus libros y leer sus palabras, no hay duda de que usted puede escuchar las mías ahora, las cosas que no sabría decirle a nadie, sino a usted. En la medianoche de un lunes, en el silencio lluviosamente interrumpido por la máquina de escribir, junto al cenicero y al vaso donde el hielo se funde con la misma lentitud con que las palabras avanzan y sube el humo hacia la lámpara del insomnio, quiero que usted escuche la música que tanto amó, acaso, porque es de noche y es lunes, Thelonius Monk tocando para siempre *The man I love*. También dicen que Thelonius Monk ha muerto pero quién, entonces, iba a tocar así el piano en este mismo instante. *Et in Arcadia ego*: si usted, si Thelonius Monk, si es verdad lo que dice el periódico, también yo estoy muerto y puedo hablarle con la demorada melancolía con que hablan entre sí los convalecientes en los balnearios invernales. Le hablaré de su tocayo, el otro Julio, aquel grandísimo cronopio que se sabía, y se llamó a sí mismo, el más desconocido de los hombres. Usted me entenderá si le digo que a los diez años yo leía la historia del capitán desterrado en el mar y de su buque submarino tan embebido en su fábula que se me olvidaba escuchar las campanadas del tiempo, y cuando me ordenaban que cerrara el libro emergía de sus páginas como quien ha sido despertado de un sueño.

La verdadera identidad del capitán Nemo se descubre en el último capítulo de *La isla misteriosa*, pero yo tardé dos años en encontrar ese libro y durante todo ese tiempo el nombre del héroe que prefería no tenerlo fue el enigma más grave de mi vida. Desde entonces, en la imaginación, en la noche oscura de los cines, yo visitaba el Nautilus y recorría sus pasillos alfombrados de rojo en una penumbra de arcos voltaicos, y cuando entraba al gran salón donde hay una ventana circular que se abre a las tinieblas de las llanuras submarinas, él estaba allí, alto e inmóvil, dándome la espalda siempre y absorto en la contemplación de animales como plantas que ningunos ojos humanos habían visto antes que los suyos. Inmóvil, pero también inamovible, su rostro sin nombre no se volvía nunca hacia mí, y, sin embargo, durante todos los años de este sueño tan largo, estaba girando lentísimo para mirarme, alto y vestido de azul, con su jersey de lana y su barba negra de arponero canadiense, con sus ojos grandes de inteligencia y claridad y ternura que sólo me han mirado esta noche de luto, cuando he sabido en el insomnio y en la música de Thelonius

Monk que el capitán Nemo es usted, Cortázar, y que no ha muerto: la noticia del periódico, la tumba que se cerró el miércoles sobre el cadáver de nadie en el cementerio de Montparnasse, son una trampa que usted ha calculado para borrar sus huellas del mundo y retirarse para siempre a la soledad de un Nautilus donde le aguarda Eurídice.

MICROSCOPIO Y ESPANTO

El globo, el submarino y la máquina del tiempo han permitido al hombre moderno dilatar vertiginosamente las dimensiones de sus viajes, pero hay regiones ínfimas o remotas del Universo que nunca recibirán la huella de una pisada humana, porque sólo es posible visitarlas desde la sedentaria distancia de los observatorios con cúpulas como de recinto sagrado o desde la cima circular de esos pozos que los microscopios abren sobre las selvas movedizas que caben en una sola gota de agua. La edad de los viajes por los mares donde se terminaba el mundo es también la de otros viajes que sucedían en una habitación abierta a la noche y a las llanuras lunares que vislumbró Galileo con su telescopio. Por eso, el oficio de pulir el cristal hasta darle la curvatura de una pupila ha sido tan benéfico para los exploradores como la invención del astrolabio, y las aventuras prometeicas de Alvar Núñez Cabeza de Vaca o del profesor Otto Lindenbrock, que estuvo a punto de llegar al centro de la Tierra descendiendo por el cráter de un volcán islandés, no son más audaces que la sabiduría con que el sefardí Baruch Spinoza labraba en su destierro de Amsterdam lentes para agrandar o descubrir las cosas y atributos latinos que explicaran como un dédalo de sucesivos axiomas la naturaleza de Dios.

Borges, en uno de esos sonetos suyos que son como retratos de Rembrandt, nombró el perfil triste de Baruch Spinoza y el sigilo de sus manos puliendo el cristal con ausente pericia. En un laboratorio de Oxford que prefiero imaginar tan clausurado del mundo como el gabinete del judío, como la habitación nocturna cuyo cerrojo aseguraba cautelosamente Galileo antes de dirigir a la luna el ojo argonauta de su telescopio, supe hace poco que existe una cofradía de sabios empeñados en inventar lentes que miren lo que hasta ahora era invisible y cámaras de tan delgadísimo objetivo que puedan filmar a través del ojo de una aguja. El cine, igual que la música, es un arte que se constituye en el tiempo. Las cámaras de la Oxford Films, que así se llama esta ominosa compañía, filman el tiempo de lo secreto e inmóvil, reptando en el aire como antenas de insectos y permaneciendo en detenido acecho al ras de la tierra donde apunta el brote picudo de un tallo, de una hoja, para espiar uno por uno todos los instantes de su crecimiento; al final de esa tarea que se confunde con la eternidad y que ningún ojo humano puede percibir, la cámara agrupa en un minuto prodigioso todas las imágenes que acopió tan codiciosamente, y entonces la tierra del invernadero se convierte en un gran desierto grumoso lentamente removido desde el subsuelo por extrañas manos, por uñas y hocicos que excavan hacia la luz impulsados por una unánime voluntad de resurrección, y el desierto es ya una selva que asciende y camina y donde a los árboles decapitados les crecen rápidas floraciones y corolas rosadas y carnosas y azules que se desenredan abriéndose como un paisaje botánico de Max Ernst, como en un planeta tropical donde el calor aboliese las diferencias entre los animales y las plantas.

Así mirada, la superficie cotidiana e inferior del mundo cobra la forma de los sueños en que se disgrega la conciencia de un hombre sumergido en el *delirium tremens*: el gran ojo tranquilo de la razón que quiere averiguarlo todo se vuelve instrumento de la locura al cruzar cierto límite inadvertido, y la cámara, la lupa, el telescopio inverso que dirige su lente hacia la grama del jardín o la telaraña tendida en una esquina de la biblioteca, descubren en ellas zoologías imposibles y llanuras y precipicios no menos extranjeros y hostiles para nosotros que los paisajes de Saturno. Howard Philip Lovecraft, aquel epígono gris de Allan Poe que miraba como un anfibio y tenía siempre blanda y húmeda la palma de la mano —quienes le conocieron dicen que al estrechársela se sentía el tacto escamoso de un pez— dedicó toda su vida a imaginar los pormenores de una viscosa mitología cuyos dioses eran criaturas líquidas como pantanos y dotadas de nombres de una lóbrega sonoridad. Pero ni Cthulhu, señor de ese Olimpo, ni Azathoth ni el impío Nyarlatothep, que con tan rutinario espanto se arrastran por las páginas de Lovecraft, pueden incitar a la desesperación y al miedo como uno cualquiera de los seres que surgen en las películas de la Oxford Films: una máscara de insondables ojos y mandíbulas como colmillos o antenas dentadas que late en la oscuridad es una araña apostada en el centro de su laberinto, un rostro impasible como el de un molusco, translúcido de membranas venosas, es el embrión de un pájaro que la cámara, traspasando la coraza del huevo que lo contenía, ha sorprendido y filmado mientras adquiría sus atónitos rasgos humanos, una muchedumbre que huye y se pisotea por los túneles de una ciudad excavada bajo la tierra es un hormiguero y es también nuestra soledad y pavor en las ciudades extrañas donde un tren nos arrojó. En el espejo, a través del cristal de una lupa, el ojo que nos mira es tan obsceno y vacío como el de una araña. Las lentes y cámaras de la Oxford Films alumbran del mismo modo el otro lado de un Universo donde el horror y la crueldad conspiran contra nosotros o establecen, bajo las cosas visibles y los sosegados axiomas con que el judío Spinoza explicaba el mundo mientras pulía sus cristales, otro orden oscuro que la inteligencia no puede concebir, que sólo en ciertos sueños siempre sellados por el olvido nos es dado vislumbrar. Porque en ellos, la araña y la hormiga y el embrión y el escarabajo somos nosotros mismos.

ESTÉTICA DE LA CENIZA

Dice Plinio que en la Atenas de finales del siglo v a. C. hubo un escultor, de nombre Apolodoro, tan envenenado por la idea de la perfección que cuando terminaba de esculpir una estatua retrocedía para mirarla con odio y luego, con una saña que le ganó el sobrenombre de *el Loco*, volvía a acercarse a ella y la destrozaba a martillazos sin miramiento alguno, para que no quedara testimonio de su vergüenza y su combate inútil contra la mediocridad. Virgilio, cinco siglos después, y Franz Kafka, en su agonía de soledad y hospitales, pidieron a sus amigos que condenaran al fuego los manuscritos que dejaban, no sé si por miedo al fracaso póstumo y a la inerme orfandad en que queda una obra cuando su autor muere o porque no querían que sus palabras duraran más que el puro placer de haberlas escrito y leído más tarde. (Juan Rulfo suele decir que escribió *Pedro Páramo* porque tenía ganas de leer ese libro y no lo hallaba en su biblioteca.) En cualquier caso, el artista que da al fuego su obra o declina tal obligación en sus albaceas está cometiendo una suerte de suicidio en efigie, que lo deja amputado de esa parte de sí en la que cimentaba su orgullo y la justificación de su vida, y queda solo de nuevo, despojado de todo y con las manos vacías, como un proscrito que al huir hacia el exilio dejara atrás un palacio y una biblioteca a los que sabe que no podrá volver nunca, el borrador de un libro recién iniciado que ya no podrá terminar.

Virgilio y Kafka encomendaron a otros la destrucción de sus manuscritos, sin duda porque tenían la certeza de que no iban a ser obedecidos. Desde hace diez años, el pintor catalán Palau Ferré quema uno por uno sus cuadros a medida que los va terminando, de tal modo que el fuego donde los arroja, convertido en emblema barroco de la fugacidad de la belleza, no es ya una desgracia ni una inmolación, sino un precepto de su estética suicida, el paso último y necesario donde culmina la obra su plenitud de ceniza, su condición de humo y recuerdo de un acto que es irrepetible, trémulo y no perpetuo, pero tampoco casual, porque nunca lo es en la belleza, como un rostro que nos mira desde la ventanilla iluminada de un tren nocturno o la tonalidad rosa de la luz que se extingue al final de la tarde en los campanarios.

Cuando termina de pasar el tren como una larga ráfaga amarilla vuelve la noche para borrar toda memoria y rastro de los ojos que nos miraron y parecían a punto de reconocernos. Cuando se acaba la luz apurando su propio rescoldo, queda en el aire una inerte claridad que no es aún el anochecer, sino la ausencia del día, ese instante funeral en que uno descubre que ha sido despojado de algo, el momento en que termina la música y se cierra del todo la puerta de una habitación que ha quedado vacía. Así el pintor prepara su lienzo y unta el pincel en la espesa pintura y acaso, como Tiziano en sus últimos años, desprecia el trámite y ortopedia de los pinceles para pintar con los dedos desarmados y sabios, revelando la materialidad de un arte que se cumple en el trato con cosas tan verdaderas como cuerpos, y no en fantasmas y palabras, como la literatura, y cuando ha terminado, cuando las manchas de color vibran húmedas y definitivas en el lienzo que fue blanco, deja el pincel, se lava las manos con la lentitud de un oficiante y mira por última vez la obra intacta, que no existirá para nadie, sino para él mismo y acaso para su nostalgia, y comienza una ceremonia semejante a la de aquellos griegos que en tiempos de Teseo escogían a las adolescentes más hermosas y las vestían como novias para ofrecerlas luego, diezmo de su servidumbre, al Minotauro de Creta. Solo en su estudio, el pintor, que no quiere infamar las más altas señales de su inteligencia vendiéndolas a la avaricia de las galerías y los *marchands*, prepara el fuego en silencio igual que había preparado el tenso lienzo sobre el bastidor y la alquimia exacta de los colores. Con los años, tal vez, el hábito de prender la llama en una esquina del cuadro no será menos gozoso o amargo que el constante desasosiego de pintar y de avanzar a tientas sobre la tela que cobra forma en su gran espacio vacío. Con los años, para el pintor suicida importa igual la llama que la pincelada, la figura que el humo donde se desvanece, la pared desierta que la colina de breve ceniza donde concluye la obra, y el olor del lienzo quemado que permanece luego en el aire es tan dulce o tan enemigo como el perfume resinoso del óleo recién extendido.

El fuego iguala el punto final y el punto de partida. Fénix de su ceniza, el pintor inventa una transitoria belleza que sólo miran sus ojos, porque sólo ellos la merecen, y que luego rompe como rompía Calígula el espejo de su locura, para mirar así la oscuridad que hay al otro lado, sabiendo que las fotografías y los museos mienten, porque en el mismo instante en que se termina un cuadro y pasa un tren nocturno y se extingue la luz o la música sólo queda el asidero convulso de la memoria: «para que nada vivo —ha escrito un poeta de esta ciudad—, para que nada quede vivo luego».

MÁS ALLÁ DE ESTE MURO

Fuera, en la calle, la tarde casi vacía se quiebra por las esquinas donde regresa el invierno, erizado el aire de aristas de lluvia y de frío y varillas de paraguas. Fuera, muy lejos, en la ciudad agrisada, vuelve la niebla inhóspita de febrero, y los grandes autobuses azules huyen de su dominio como si desertaran despacio del prematuro atardecer. Sorprendido por la lluvia, por el súbito invierno, me subo las solapas de la chaqueta y vuelvo a casa buscando el abrigo de los aleros y los soportales, imaginando de antemano el placer de la habitación tan cálida que me aguarda, los sosegados libros, la máquina de escribir junto a la ventana cuyo cristal me salvará del frío y del destierro. Cuando cierro la puerta y guardo la llave en el bolsillo, advierto que he cerrado también la escotilla del lugar imaginario que habito, y que al dar la vuelta a la llave con tan notorio placer me recluía tras el muro de una metáfora edificada no sólo por mis palabras y por el nombre del Nautilus, sino también por mis gestos y mi silencio y la precisa tarde de marzo en que escribo, asistido por el recuerdo de un soneto de Antonio Carvajal y de un jardín tan hermético como mi buque submarino.

El tiempo elige sus metáforas, y nos elige a nosotros para contarlas y usarnos, voces menores de una voz única que nos murmura al oído: el tiempo señala de igual modo la arquitectura de sus centenarios, tal vez para inducirnos al juego de las celebraciones circulares, y ahora, en este año triste que empezó, como todos, con el lánguido augurio del Apocalipsis, nos trae el recuerdo de que hace cuatro siglos exactos nació en Granada don Pedro Soto de Rojas, de quien cabría sospechar, por su afición a las simetrías entre la realidad y la literatura, que fue un personaje de Borges, si no fuera porque a un paso de nosotros, en esta misma ciudad, en un lugar de nuestra biblioteca, están las pruebas de su existencia en el mundo: una casa y un libro, y la memoria de un jardín que se disuelve en el libro y participa de su forma cerrada. Calculo que a estas alturas la muchedumbre de los eruditos —y la no menos avisada de los parásitos del esplendor ajeno— vela ya sus armas y prepara ponencias y citas para los previsibles, para los copiosos homenajes, sembrando las páginas de aquel canónigo huraño de anotaciones y números diminutos, que quieren explicarlo todo y acaban siendo como enjambres de mosquitos bachilleres que zumban su sabiduría tediosa sobre la difícil transparencia de las palabras. Pero la poesía ilumina al lector o es iluminada interiormente por su inteligencia, y a sus jardines no se accede nunca por invitación colectiva: cuando al final del año empiecen a retirarse las aguas crecidas de los homenajes, don Pedro Soto de Rojas seguirá solo en la séptima mansión de su paraíso, en la estancia más íntima de la soledad, cultivando con igual esmero las rosas y los endecasílabos y erigiendo sin tregua los altos muros de una metáfora que hoy nos alude más que nunca, porque el miedo, el desengaño, la intemperie de la ciudad y del mundo, día tras día nos expulsan del coraje o la aventura pública para invitarnos a roturar un sigiloso reino, una casa secreta que nos encubra y nos salve de la desdicha, ese unánime asedio.

Mira que no hay jardines más allá de este muro: recorro el libro de don Pedro Soto de Rojas y llego al callejón o adarve donde aún existe la fachada de su casa, máscara y urna vacía de un jardín arrasado. Como el Ícaro de los poemas barrocos, él se había alzado desde su juventud para apurar luego el vértigo de una larga caída, no fulminado por el sol, sino por la usura con que los años van derribando el fervor de quien quiso atreverse a todo: a la pasión de amor, de la que emergió oscuramente herido, a la pasión nunca mitigada de la literatura. Se sabe que en 1629 volvió de su último viaje a Madrid, resuelto, tal vez, a despojarse de toda tentación que pudiera alejarlo de su jardín y su libro. Cada tarde, al término de los oficios en la Iglesia del Salvador, cruzaría solo las calles que lo separaban de su casa, urgido por el deseo de encontrarse a salvo al otro lado de la puerta y añadir una estrofa, una metáfora a su manuscrito, una estatua o un jazmín alegórico a la geometría de su paraíso. Indisolublemente se tejía en torno suyo el laberinto doble y único del jardín y del libro, y a medida que los culminaba era más tenue su presencia entre los otros hombres y más lejana la ciudad y su agraviada memoria, como si el poema que escribía y la casa donde edificaba su refugio se alimentaran para crecer de la savia de las cosas reales, de su propia conciencia y voluntad y figura.

Más allá de este muro hay ya una noche de ventanas iluminadas donde se perfilan sombras simétricas de la mía que miran la lluvia y el perfil de mi sombra. Urden un breve paraíso, cierran con llave la puerta y ajustan todos los postigos, y cuando corren el último pestillo con el gesto rotundo de quien escribe el punto final, descubren la trampa que acaso descubrió don Pedro Soto de Rojas cuando el jardín y el libro estuvieron terminados: que han trazado la forma de su propia condena.

LAS CIUDADES PROVINCIALES

En las ciudades de provincia siempre es domingo por la tarde. Un domingo pálido, como de entretiempo, mansamente apaciguado en la melancolía, que es el más provincial de todos los sentimientos, si se exceptúan el amor infortunado y la esperanza de recibir misteriosas cartas pasionales. Los relojes, en las ciudades de provincia, señalan obstinadamente esa hora vespertina y tristísima de los domingos infantiles en que uno, al salir del cine de las cuatro, Arcadia de desatados sueños en technicolor, descubría que el mundo era una película en blanco y negro y que el atardecer ya claudicaba sin remedio hacia la mañana del lunes, hacia el despertador y el agua fría que al expulsarnos del lecho, camino de aulas inhabitables, prematuramente nos desterraban de la infancia, arrojándonos a una edad futura que nunca hicimos nada por merecer.

Los relojes de las ciudades de provincias no sirven para medir el presente, sino que giran siempre en el tiempo de una sola tarde dominical, y por eso la felicidad o la asidua pesadumbre que se nos conceden a los provinciales muy pocas veces poseen la encarnadura cierta de lo verdaderamente sucedido, y cobran, más bien, el aire de un recuerdo o de la adivinación de algo que está ocurriendo en otro lugar, en una de esas ciudades donde las cosas ocurren indudablemente y las agujas de los relojes hienden el tiempo inédito del porvenir, según nos cuentan periódicos puntuales que vienen de aquellos reinos y mensajeros deslumbrantes que descienden sobre nosotros para presentar un libro y acreditar de paso con su presencia que no son vanas sombras brotadas de un suplemento cultural.

Leo en estos días que los intelectuales de Madrid, tan adeptos a eso que llamaba Proust *le royaume du néant*, discuten con encono el metafísico concepto de la posmodernidad. Agotado el presente, se instalan ya en el anacronismo inverso de un futuro que no ha llegado todavía, y desde él miran el paisaje de la provincia como si leyeran una novela del siglo XIX, *La Regenta*, tal vez, cuyo centenario acaba de cumplirse. Existe una literatura urbana que viene desde De Quincey y Baudelaire y termina en James Joyce, en el Cortázar de *Rayuela*, en ciertas novelas policíacas de resplandeciente soledad y violencia, pero la arquitectura imaginaria de las ciudades provinciales sigue siendo un libro con grabados como de Gustavo Doré y peripecias grises que se disuelven en el tedio de un domingo por la tarde. Uno vive y camina en ellas y, del mismo modo que a veces, en una ciudad de columnatas nocturnas y plazas heladas por la luna se detiene y piensa, *pero esto es un sueño*, así, con igual estupor y letargo, descubre un día que está habitando las páginas de una novela antigua y que esa revelación, que acaso lo aísla de los otros, no le sirve, sin embargo, para despertar.

Quiero decir que las ciudades de provincia no existen, o sólo de un modo transitorio, cuando las nombra un libro o un periódico de Madrid. Alguna vez, con mis amigos, he querido imaginar, por ejemplo, cómo serán Guadalajara o Ciudad Real o cualquiera de esas ciudades intermedias de Europa que vienen con letra pequeña en los mapas, sin obtener otro fruto que una desconsoladora sensación de vacío y espacio en blanco circundado por una llanura desierta. «Hay continentes enteros que me ignoran», escribió Pascal: hay continentes y muchedumbres para los que tampoco esta ciudad existe sino como un lugar común de la literatura y un nombre de la geografía fantástica no menos difícil de situar en los mapamundis que la isla de Lincoln, minuciosamente dotada por Julio Verne de longitud y latitud y de una caverna subterránea cegada por la erupción de un volcán donde reposa desde hace un siglo el capitán Nemo, amortajado en el sarcófago fastuoso del Nautilus.

A un costado del tiempo, tibiamente anacrónica y sola en su quietud de novela con litografías, la ciudad provincial acoge en su hospitalario recinto a los fugitivos del presente, y si es cierto que los vuelve tan irreales como ella, les permite a cambio el moderado orgullo de saberse invulnerables a los estragos de la modernidad y sus vacuas postrimerías, de las que tienen, a lo sumo, las mismas vagas noticias que suelen llegar del frente a las ciudades de una tranquila retaguardia nunca alcanzada por la guerra. Decía Ramón Gómez de la Serna que en el limbo todos los días son domingo. En la perpetua tarde del limbo provincial, en la somnolencia de sus horas ordenadas en capítulos, toda palabra es el eco de otras que fueron dichas y olvidadas hace muchos años en las ciudades verdaderas, y todos los gestos, las heroicas resoluciones, las puñaladas dulces en el corazón que traen consigo como un vendaval de duelos con pistola y levita negra al amanecer, quedan al fin en sombras o en inocuas cenizas de un libro que vino tardíamente de la capital. A veces uno, fatigado de su condición de personaje o sonámbulo, quiere rasgar los límites de la página que le fue asignada, abre los ojos, se incorpora en la oscuridad, dice o escribe palabras que enseguida se borran porque están escritas en el aire con la tinta inútil de los sueños. En las ciudades provinciales uno escribe siempre sobre el agua.

DECADENCIA DEL CRIMEN

A finales del siglo pasado, cuando florecía en Francia la escuela del arte por el arte, cuando Mallarmé y Paul Cézanne edificaban en sus ensimismadas soledades obras que no eran del todo de este mundo, versos de indescifrable belleza y manzanas tan definitivas e inmóviles como el arquetipo de la manzana que yace en el cielo platónico sobre un lienzo de quebrada blancura, floreció en Inglaterra la disciplina del crimen entendido como una de las Bellas Artes, cuyo primer apóstol había sido muchos años antes el desdichado Thomas de Quincey, que emergió de la pesadilla doble del opio y las ciudades sin corazón armado de una lucidez y una malvada ironía no igualadas en su tiempo sino por Edgar Allan Poe, otro artista del miedo indudable y del asesinato imaginario. Allan Poe inventó el detective filósofo y el crimen elevado a un ejercicio de la inteligencia. Thomas de Quincey, hacia 1827, pronunció ante la Sociedad para el Fomento del Vicio una muy docta conferencia en la que demostraba las virtudes estéticas del homicidio y lamentaba ya, tan prematuramente, la decadencia de aquel arte en la sociedad moderna. Pero ambos, De Quincey y Allan Poe, fueron únicamente profetas de la Edad de Oro que se avecinaba, ese tiempo brumoso del final de siglo en que Jack *the Ripper* deambulaba con su bisturí de cirujano por las peores calles de Londres entre una niebla como de película de 1930 y el caballero Sherlock Holmes descifraba crímenes herméticos con una fulminante agudeza que acaso no le hubiese bastado para dilucidar ciertas metáforas de Mallarmé.

En aquel tiempo, en aquellos libros y crónicas de sucesos, el enigma del crimen exigía un orden que estaba entre las matemáticas y la teología, y por eso su adivinación, que adoptaba en apariencia un método de razonamiento inflexible, iba siempre más allá de los hábitos de la razón, y culminaba en un instante de clarividencia revelada. En aquel tiempo, el detective y el asesino emprendían una partida de ajedrez cuyo tablero sin fin eran las calles y los sótanos ciegos de las ciudades y que a cada uno de ellos les reservaba, en la última casilla, el gozo de la lucidez y el premio de la muerte. Los crímenes de los libros terminaban con el nombre del asesino, y al final quedaba en ellos un aire como de decepción o tristeza, porque no hay fruto más alto que la voluntad y el deseo que nos empujaron a buscarlo. Los crímenes de la realidad eran a veces insolubles, y en el lugar de la clave quedaba una sombra perpetua que los volvía misterios del conocimiento y concedía al artista que supo tramarlos el atributo de la perfección: como escribió De Quincey, el crimen es el único arte que cimenta su gloria en el secreto del autor, y Jack *the Ripper*, que nunca fue descubierto, es la oscura obra maestra de sí mismo.

He hablado del juego, de la cuadrícula cerrada donde el detective y el asesino se buscan y eluden exactamente igual que el artista y el crítico: las piezas son otros hombres, cuerpos caídos como una interrogación, indicios, leves huellas sobre la hierba, un cuchillo, un poco de vino derramado, un perfume, una mano blanca que apaga una luz o corre de lejos unos visillos fugaces: todas las cosas se vuelven signos de una alegoría inacabada, y del mismo modo que en un cuadro de Botticelli una muchacha desnuda es Afrodita o la Verdad ultrajada, en el escenario de un crimen una huella de carmín en el filtro de un cigarrillo o la disposición de los libros de la biblioteca pueden esconder el nombre del asesino, su esquiva firma en un ángulo de la obra.

Sabemos desde el Romanticismo que la sociedad moderna niega enconadamente los placeres del arte. La Sociología, la Psicología, el prestigio vampiro de la erudición, envilecen y disgregan los dones imaginarios, ese brío como de sabia inocencia que es preciso guardar en el corazón para entregarse a ellos. El crimen no es ajeno a la decadencia general de las Bellas Artes, y su ejercicio no pertenece ya a la inspiración y al estilo de maestros solitarios, que a lo mejor dedicaban una vida entera a levantar una sola obra nunca vendida a las conveniencias de la publicidad ni a los axiomas de un programa político: el crimen, en nuestros días, despojado de todo misterio, cunde en cadenas de montaje y se repite en cualquier lugar tan fatigosamente como un modelo de automóvil. La copa de veneno, el puñal de Lucrecia Borgia, *Las Meninas*, son obras irrepetibles y exigen la mano y la inteligencia de un maestro. La cavernosa maldad del profesor Moriarty es digna de la sabiduría de Sherlock Holmes, y ambas tienen, en el fondo, la delicada virtud de lo inútil. El crimen de nuestro tiempo, el disparo en la nuca de un hombre con los ojos vendados y las manos atadas con un trozo de alambre, el navajazo sucio por las esquinas, el exterminio con escopetas de cañones recortados, infaman la memoria de aquellos artistas y prueban la soberbia, la petulancia sórdida de la mediocridad que ha anegado el mundo. Hay, como siempre, quien justifica la torpeza de ciertos homicidios, sus pormenores zafios, diciendo que no es la forma, sino el fondo, lo que importa cuando se mata en nombre del bien común, que es un argumento muy usado por los asesinos filántropos de nuestro tiempo. Pero el crimen político es tan detestable como el arte social.

EXAGERACIÓN DE MI PARAGUAS

Es alto y seco, y anguloso, a la manera de los cuáqueros, y va siempre torvamente de luto, no en recuerdo de un duelo particular o próximo, que no tiene deudo alguno que pueda exigirle un diezmo de dolor, sino para afirmar su condición rencorosa, su hirsuta predisposición para la pesadumbre, que es enemiga de los claros días azules y se complace en los cielos bajos y en los horizontes como de fin de la tarde y del mundo donde terminan los paseos marítimos de las ciudades boreales y se pierden camino de la locura los hombres solos de Edward Munch, tapándose los oídos para no escuchar el grito largo del silencio. El luto da a su estatura una verticalidad de árbol y monumento funerario, más enconada aún porque se sostiene sobre una sola pata terminada en contera de metal que da a sus pasos el crudo brío de obstinación que tiene el andar de ciertos cojos temerarios, de los capitanes de buque a quienes arrancó una pierna la dentellada de un cetáceo. Quiero decir que la suya es una vengativa estatura de vigía y que algunas noches, en la cabina del Nautilus, me ha despertado su paso monocorde que estremecía sobre mi cabeza las planchas metálicas del castillo de proa, con pisadas que no eran tales, sino golpes repetidos y absurdos como la mirada de un solo ojo que indagase para siempre la oscuridad del mar en busca de su Leviatán enemigo.

No debe extrañar, pues, que desde el primer día le asignara el nombre inapelable de Acab, o Ahab, ni que lo esgrima a veces como escudo y ariete de proa contra la adversidad de la lluvia. Él, Ahab o Acab, que de ambos modos he visto que lo escribían los autores, camina a mi lado con la pata única de su ortopedia, garabato y firma de mi sombra, o cuelga del perchero como un murciélago dormido cuya presencia convirtiera en bóveda de novela gótica al recibidor de mi casa. Lautréamont elogió una vez la estampa inexplicable y audaz de un paraguas y una máquina de coser sobre un quirófano: solo, en la percha, colgado de su corvo perfil como de un signo de interrogación que en ocasiones despliega las alas de un vuelo sedentario, Acab es un pájaro que me persigue, que me interroga o huye o deserta de mí en una tarde de lluvia y aparece luego, indiferente como un *gentleman*, en el paragüero de una librería donde lo olvidé o me olvidó o en un sofá donde su verticalidad no ha accedido a demorarse en una curva de indolencia, semejante a esas damas dotadas de una taza de té que se sientan erguidas en el filo justo de los sillones.

Confieso que cuando lo compré ignoraba su afilada condición, su voluntad de cetrería. Uno, que en su adolescencia suscribió sin vacilación el dictamen de aquel personaje de Proust que maldecía el reloj, el paraguas, la mediocridad, como atributos de la burguesía, oponiendo a ellos los placeres pérfidos de la pipa de kif y el kris malayo, ese puñal de las películas, decide un día adquirir un paraguas del mismo modo que decide abandonar el alcohol y la noche o tomar estado o acudir todas las mañanas a un trabajo respetable: sin fervor, pero también sin literarias despedidas, con una mansa y culpable vocación de acatarlo todo atenuada por la esperanza, lejana como un propósito olvidado, de que la obediencia nos irá volviendo gradualmente invisibles, e inmunes, entonces, a nuestra propia sumisión. Compré el paraguas, así la curva tan dócil de su empuñadura, que fingía alguna clase de marfil o de madera noble, e ignoraba aún que se llamaba Acab y que no era el vano cetro de la puntualidad y la decencia, sino imán y vara de zahorí que conduce mis pasos desde aquel día por los descampados y las calles invernales de un destino nunca ajeno a la desventura, ángel de mi mala guardia y capitán cojo cuyo paso dobla secamente los míos al otro lado de las esquinas donde suele emboscarse cuando me vuelvo en la noche para descubrir el rostro de la alta figura que me persigue.

Absurdamente se cuelga de mi brazo en insospechadas mañanas de sol, como uno de esos amigos cuya lealtad sin misericordia nos aflige la vida. Sucesivamente ha sido báculo de cegación, espada inútil contra los fantasmas del aire, breve cúpula para la soledad y la lluvia, y me ha seguido en los taxis nocturnos del último desconsuelo y en los hoteles tan tristes como garajes del otro mundo. He dicho que me sigue, pero probablemente no es cierto, y soy yo quien ando sonámbulo a zaga de su imán, contaminado de su pesadumbre, y las calles que cruzo y los taxis donde subo empujado por él me llevarán un día al paseo marítimo de una ciudad donde acaso me pierda como el recuerdo de un grito no pronunciado nunca. Sólo concibo una esperanza incrédula para librarme de Acab: que un día me sorprenda la lluvia, que cuando vaya a abrirlo, creyendo que lo llevaba conmigo, descubra que lo he perdido para siempre, que ande colgado ya, enlutada lechuza, del hombro de un desconocido que lo esgrime feliz de haber encontrado gratis un paraguas.

PARA VOLVER A LAS CIUDADES

Siempre fue el Nautilus un buque muy propicio a los viajes circulares, en parte porque, según se sabe, no hay nostalgia más hipnótica que la de los paisajes submarinos, y en parte también porque al capitán Nemo, que había renegado del porvenir y del trato con los vivos, no le quedaba otro remedio que volver a lo ya vivido y recluirse circularmente en la esfera sólo suya de las profundidades, que es inmensa, pero no ilimitada, y que al cabo de unos cuantos años de submarina peregrinación se vuelve tan catálogo de previsibles costumbres como las calles de una ciudad o las habitaciones de una casa. Como él, que sabía adivinar, en ciertas floraciones tempranas de los bosques del fondo del mar y de la cercanía de las ruinas tantas veces visitadas de la Atlántida, yo me complazco en temporales huidas de esta ciudad no menos fantasmal que aquélla, no para perderla del todo, que tal vez me falten corazón y coraje para tan sublevado propósito, sino calculando, y sabiendo, que cada paso que me aleja de ella será luego un episodio que demore y agrande el placer del regreso, la triste, la ebria dulzura de perseguir en el aire la cercanía de un perfume y de una luz que ciertamente no son los del paraíso, pero que no existen en ningún otro lugar del mundo y me bastan para no morirme de destierro.

Marcharse es fácil: basta apretar los dientes, cerrar lo ojos, decir «no volveré nunca», abandonándose a la velocidad, al ritmo de promesa y de augurio lejano con que los trenes hienden la noche y el sueño del fugitivo que se aloja en ellos sin permitirse siquiera la literaria actitud, tan repetida en las novelas, de mirar las últimas luces de la ciudad acodado frente al cristal de una ventanilla como delante de esos espejos donde uno ensaya los heroicos, los imaginarios gestos de su vida futura. Marcharse es tan fácil como cerrar una puerta o no decir una palabra en el momento en que debimos pronunciarla, pero regresar a una ciudad es un difícil ejercicio en cuya culminación se alían el instinto de la memoria y la temeridad de quien se atreve al presente, creando, cuando se logra ese equilibrio, un trance que se halla entre la revelación y la iluminadora mentira, entre el azar de un encuentro mágico al otro lado de las esquinas usuales y la seguridad de una cita en alguna plaza con veladores de verano y pájaros en los árboles.

El regreso no es la claudicación de una aventura, sino el punto que convierte en círculo la curva sin norte de un viaje. Hay quien no sabe volver, porque ignora la desgarradura de partir y permaneció inerte cuando se marchaba, hay gentes de corazón tan mineral que ni siquiera al otro lado del mundo, en esas regiones adonde los llevó la superstición de las postales, sienten la tentación de perderse en una definitiva lejanía. Quien nunca se marchó, mal puede concebir la disciplina del regreso, que es arte muy delicado y suele tener en los sueños sus mejores preludios, porque soñamos siempre las ciudades que algún día nos deparará el destino. Antes de volver a la ciudad, cuando la sabemos imposible, cuando una ilimitada distancia nos prohíbe sus calles, ella vuelve a nosotros, deshabitada y nocturna, como un rostro extraño, pero enseguida reconocido, pálida de luna e infinitamente hospitalaria para nuestros pasos de viajeros sonámbulos. Es otra la ciudad que acostumbran a concedernos los sueños, pero también es otra la que transitamos el primer día y la primera hora del regreso, y no por ello podrá decir nadie que la ciudad traidoramente ha cambiado durante su larga o breve ausencia. La extrañeza, que en sí misma se convierte en una invitación, no es el signo de la deslealtad y del tiempo, sino la prueba de la incesante avaricia con que nos gasta el olvido. La ciudad es extraña porque no supimos recordarla, pues no hay nadie que posea el don de recordar la belleza, y por eso existen las fotografías, las estatuas, la literatura.

Vuelvo, y desde muy lejos, cuando se inicia la llanura y aún no he vislumbrado las torres y las colinas altas de la ciudad, ya advierto sus primeras señales, del mismo modo que a un marinero le avisan los pájaros de la cercanía de una costa invisible. Vuelvo al filo de un tardío anochecer, y al otro lado de una bruma azul como los límites desdibujados del mar, la ciudad y su castillo rojo se alzan entre la lluvia como una isla deseada. A las ciudades desconocidas se puede llegar a mediodía, pero nunca debe elegirse esa hora sin matices para el regreso: hay que volver cuando amanece, o al final de la tarde, para que la lenta savia de la memoria se abra en ellas siguiendo el tránsito de la luz, que templa y acucia los sentidos. Vuelvo despacio a la ciudad, pero no es únicamente a ella donde me conduce el regreso. Vuelvo, al mirarla, a todas las ciudades que alguna vez abandoné sabiendo que mi viaje, y la desolación de la partida eran sólo un motivo para soñar luego que regresaba a ellas.

YERMO Y MUSEO DE LAS ÁNIMAS

Parece que el mayor suplicio que aflige a las ánimas del Purgatorio no es la incertidumbre sobre el futuro como de invierno larguísimo que todavía les aguarda en aquella antesala triste de la Bienaventuranza, sino la desgracia de haberse vuelto invisibles para los vivos a quienes visitan y rondan y hacen señales desde el légamo de sombra que hay de noche al fondo de los espejos y de los corredores de las casas donde habitaron y vuelven, como a las calles del pasado, para no morirse de desconsuelo en los arrabales de la eternidad. Las ánimas del Purgatorio son los huéspedes más líricos del otro mundo, pues tienen una consistencia aún más frágil que la de un rostro reflejado en el agua y viven o transmueren en un exilio sin esperanza de regreso a la patria que aún contemplan y añoran como sefardíes de ultratumba. Los justos indudables, los malvados sin remisión, se acostumbran enseguida a la monotonía del destino que merecieron para siempre, inmunes a toda incertidumbre o nostalgia, pero las ánimas deambulan por una ambigua estación de tránsito que no pertenece del todo a ninguna parte, testigos, a su pesar invisibles, de la vida que perdieron y no se resignan a olvidar, tímidas como unicornios y tan leales a los seres y a la ciudad que amaron que entran de noche en los dormitorios donde aún queda el espacio vacío de su presencia para intentar caricias con sus manos de aire y caminan desde el amanecer, con fracasada porfía, por las mismas calles y los mismos cafés que en otro tiempo visitaron, buscando en los ojos que no las ven el brillo de una sola mirada que al reconocerlas les devuelva un instante su sitio en el mundo. Pero sólo los gatos y los ciegos de las esquinas notan el paso de las ánimas y alzan un poco la cabeza, como si olieran a lluvia.

Nadie acepta nunca la soledad, nadie, ni las ánimas del Purgatorio, admite la postergación y el silencio: igual que esos amantes rotos y borrados por el desdén que incurren en la indignidad, en la súplica, que frecuentan con un aire menos casual que patético el portal y la calle de donde fueron expulsados y escriben cartas solicitando sin pudor un residuo de piedad que fervorosamente aceptan, cuando se les concede, como indicio del deseo, así las ánimas vuelven de las estancias del Purgatorio dispuestas a intentar de nuevo lo que de antemano saben imposible: una deuda de ternura que no alcanzaron a cumplir porque la canceló la muerte, una visita última a cierto lugar donde obtuvieron la dicha, la gratitud, el recuerdo de alguien que conmemora un día hojeando un libro y encuentra entre sus páginas la huella de una mano extendida que antes no estaba allí. En ocasiones señaladas por la tenacidad o el milagro, las ánimas cruzan precariamente a este lado de las cosas y logran dejar en ellas un rastro casi siempre inadvertido de su presencia. Su aliento apaga una vela o empaña el cristal de un espejo, su mano de aire escribe un mensaje, vuelca un vaso de agua sobre la mesa de noche o deposita en ella un regalo que su destinatario sólo descubrirá al amanecer, preguntándose si no será un fragmento descabalado de un sueño.

Ningún prodigio sobrevive en nuestros días si no acata la legitimidad de la ciencia. Dije que el paso de las ánimas sólo lo advierten, como un escalofrío, los gatos y esos ciegos que andan como ánimas prematuras de sí mismos, pero existen también pruebas irrefutables de que algunas llamadas del otro mundo no han llegado a perderse en baldíos espejismos o malos sueños de medianoche. Del mismo modo que hay severos catálogos de reliquias y cofres donde se guarda, sobre cojín de raso, una pluma del arcángel Gabriel, hay en Roma una pequeña iglesia neogótica que tiene bajo su custodia el único museo de las ánimas que se conoce en el mundo. Prefiero imaginarlo más o menos desierto, íntimo de penumbra, ajeno al esplendor de cobre y ceniza de los atardeceres en el Tíber, con esa mansedumbre de casa deshabitada y grande que suelen tener los museos menores. En sus salas, clasificadas bajo vitrinas de cristal como mariposas cuyos colores hubiera desvanecido el tiempo, se muestran las leves huellas de las ánimas del Purgatorio: hay, dicen, el mantel de una mesa donde los comensales vieron surgir una quemadura en forma de cruz hecha por un ánima desesperada de soledad, que los llamaba así como quien araña desde la calle el cristal de una ventana, hay una carta manuscrita sobre la que se posó la mano de un difunto y un pañuelo donde otro dejó las lágrimas indelebles de su amargura y treinta y cinco liras en billetes de 1902 legadas a su viuda por el ánima de un hombre para que encargase las últimas nueve misas que le faltaban todavía para salir del Purgatorio. Teólogos poco dados a la poesía ponen en duda ahora la autenticidad de las reliquias que se muestran en el Museo de las Ánimas, ignorando la calidad de metáfora que hay en cada una de ellas. También la literatura es una llamada que nadie suele responder ni advertir, y las palabras de un libro, estas mismas palabras, son para el lector las huellas que imprimió en el papel la mano de un fantasma.

MÁSCARA DE LA LUNA

Hay un cartel en las paredes de la ciudad que tiene el color del tiempo, el frío y la máscara de la luna, lo cárdeno y lo gris y el espacio desierto de los garajes, de los escenarios, de las casas abandonadas, de los horizontes altos por donde la noche se desborda sobre una plaza demasiado grande en la que se encienden las farolas con una luz que no alumbra nada ni a nadie. Una figura sola y gris, la cazadora negra y las manos en los bolsillos, acomoda su escorzo a la perspectiva de las tablas de un escenario, y mira, nos mira, innumerable e igual por todas las paredes, como repetida en los espejos, con una máscara blanca y lisa de porcelana que sonríe aunque no hay ni un solo rasgo dibujado en su óvalo impasible, que sonríe y deslumbra, como si fuera una máscara de luz o uno de aquellos velos de seda que cubrían el rostro de ciertos tiranos asiáticos para que nadie pudiera ver en ellos una semejanza que los vinculara a los demás hombres. Hay un cartel que es como el cielo sombrío de abril y mayo, demorado de lluvia, de graduales grises tan claros como el cerco del plenilunio y su niebla o tan próximos a la negrura como la boca ciega de un aparcamiento subterráneo, cruzado de rojo, de amarillo y naranja, de esas mañanas en que la luz de un verano futuro parece haberse establecido con la misma exactitud con que llega el primer día de mayo a los calendarios. Luz desgarrada en lo gris, navajazo amarillo sobre la hipocondría de muros como de pizarra, alta luna que sonríe y niega y nos mira con la indiferencia de una diosa, de una máscara de porcelana japonesa.

Los carteles nunca sirven para anunciar lo que se pretendía. Hay palabras escritas en ellos, fotografías y horarios, pero en cuanto se propagan por la ciudad cobran otra vida que no siempre alcanzaron a prevenir quienes lo concibieron. Repetidos, rasgados, lejanos o súbitos al otro lado de una esquina, se han agregado ya a la materia pura de la mirada en las calles, igual que el asfalto y la cuadrícula de las aceras y los rostros de la multitud y el perfume del azahar que cada año aguarda como una cita en las plazas con naranjos. La lluvia, las desgarraduras, el granulado de la pared donde los fijaron, degradan su tersa tipografía, borran su olor de imprenta y de papel apilado, pero les añaden la misma certeza material de todas las cosas que al vivir usamos y nos usan y contaminamos de nuestra propia vida y terminan volviéndose tan perentorias y presentes como un par de zapatos, como los zapatos cuarteados de muladar y desván que incrustaba Manuel Millares en sus pinturas o los recortes de periódicos, amarillos de tiempo muerto y titulares olvidados, que Picasso y Braque pegaban al lado de una pipa inmutable.

Los carteles nunca anuncian lo que decían anunciar porque sus palabras se pierden en la trama de la ciudad y del tiempo. Son, al cabo de unos días, estatuas descabezadas, inscripciones en un idioma que nadie recuerda y del que sólo sobrevive su manera perdurable de hendir la piedra y el mármol donde las trazaron, pulpa de cola y de papel que pertenece tan indisolublemente al paisaje convulso de la ciudad como una columna rota al páramo donde nadie la mira, porque estuvo siempre allí, como la desolación y la llanura. Levantan sus grandes telones sobre los muros de casas deshabitadas, sobre la noche baldía de los solares vallados, cunden en todas partes como una persecución para la mirada y sólo cuando los volvemos a descubrir en una tapia de las afueras donde la intemperie o el olvido los dejaron sobrevivir advertimos que eran memorables, que en esa tinta desvanecida perdura el tiempo, no intacto ni congelado, como en los museos, sino agraviado y único e irrepetible, como la injuria de recordar o de volver.

Fue Baudelaire quien primero advirtió que el misterio del tiempo no está en el arte ni en la memoria, sino en las reliquias más usuales del presente: un billete de metro con una fecha precisa que inesperadamente aparece en el fondo de un bolsillo, la ropa que usaban las mujeres hace tres años, una canción de la radio que nunca nos detuvimos a escuchar, un cartel que hoy está en todas las encrucijadas y que al cabo de quince días habrá desaparecido para siempre. Si yo volviera a tener entre mis manos un caballo de cartón que tuve y perdí hace veintidós años, con su dura crin charolada y la forma que dibujaban las manchas azules o grises en su grupa, poseería en un instante la plenitud de una región de mi conciencia a la que sólo puedo regresar en algunos sueños. Si alguna vez, en el inhóspito porvenir, nos es dado mirar el cartel que ahora nos asedia en las calles con su máscara blanca y ese cárdeno cielo de grises donde se pierden algunas palabras que no importan, sabremos, tal vez, que eran así los días y la ciudad y el color de la lluvia y de la desesperación. Todo gris, inmóvil, frío como la luna, todo secreto y cierto tras una máscara de porcelana o papel en blanco.

LA BICICLETA DE LOS SUEÑOS

Si el Nautilus tiene esa forma tan barroca, ese acabado que no desdeña la voluta y la curva, esa sugerencia de párpado de pez con que se dibuja en su proa el faro de alumbrar los mares, es porque el capitán Nemo tuvo a la vista mientras lo diseñaba un manuscrito de Leonardo da Vinci en el que venía la traza quimérica de una nave submarina que el maestro imaginó no se sabe si para combatir a la armada del Turco o con el propósito de navegar en ella tras las sirenas cuando se sumergieran en el mar y tomarles unos bocetos del natural que precisaba para dar buen fin a una bóveda de alegorías marinas que le había encargado Ludovico el Moro. Nadie puede hoy contemplar ese dibujo de Leonardo, porque la copia que se guarda en el gabinete de estampas del Museo Británico tiene muy graves errores y el original está en un cofre de la biblioteca del Nautilus, pero estos días, en Valencia, hay una exposición de setenta diseños de máquinas calculadas por su imaginación y trasladadas del vano papel a la realidad por un artista italiano, de nombre Sacchi, que ha querido vindicar así no sólo la memoria del gran Leonardo y de aquella edad en que el Arte, en las ciudades de Italia, era la dulce gramática y geometría del mundo, sino también el derecho a que ciertos sueños ocupen un lugar tangible entre las cosas que los niegan.

Dice Borges que ante los espejos nos convertimos en rabinos fantásticos que leen los libros de derecha a izquierda: Leonardo, que inventó máquinas y navíos y una sonrisa tan misteriosa como el gesto del dedo índice que señala en la penumbra de la pintura una cosa indescifrable y alta, inventó y usó, y no alcanzo a imaginar qué clase de disciplina le permitió lograrlo, una escritura inversa, un idioma de espejos que sólo ante ellos se revela, como si el maestro, que vivió siempre en una serena soledad no vulnerada por nadie, hubiera querido retirarse al otro lado ilusorio de la realidad y habitar allí tras su muro invisible, escribiendo en el cristal sus sabias anotaciones sobre el color de las colinas toscanas al atardecer o sobre el modo de dibujar las patas de un caballo, un paisaje de columnas, una máquina de volar con el aleteo mecánico de los albatros.

El día en que a Marcel Duchamp se le ocurrió incluir en una exposición un lavabo tan resplandeciente y desnudo como una estatua de mármol se rompió un límite entre la poesía y realidad que nunca había existido para Leonardo, y que ahora, al cabo de los años y de las vanguardias, nos permite advertir la condición lírica de sus invenciones. Hay, bajo las bóvedas de la Lonja de Valencia, una bicicleta de madera que parece concebida para cabalgar sobre los descampados de la Luna, una máquina de volar cuya envergadura de velamen tal vez puso alas de plomo a la osadía de un Ícaro que terminó su vuelo despavorido en un barranco, y una escafandra para caminar con el sosiego líquido de las algas bajo los mares del Quattrocento, donde abundaban los símbolos y los tritones. Parece que Leonardo lo inventó todo, según quiere una antigua superstición: parece también, cuentan hirsutos historiadores, que no llegó a inventar verdaderamente nada más que una sonrisa, y que sus máquinas eran fantasmagorías que no hubieran funcionado nunca. Pero tampoco puede lavarse uno las manos en el lavabo de Marcel Duchamp ni planchar el más arisco de los pantalones con aquella plancha carnívora de Man Ray que tenía en su base una hilera de pinchos como colmillos de tiburón. Las máquinas de Leonardo no son rudos vaticinios de otras que conocería el mundo cuatro siglos después de su muerte, sino objetos cuya inutilidad revela la lógica de la poesía: la misma que le permitió escribir para sí mismo y para los espejos y anotar en su fría prosa lo que nadie había sabido descubrir hasta que sus ojos lo miraron: que a la caída de la tarde todas las sombras son azules, que a veces los remolinos del agua son como crines de caballos.

Alineadas como carrocerías de automóviles, como frigoríficos o lavabos tras el escaparate de una tienda, las máquinas de Leonardo anuncian todo un largo catálogo de artificios que, a despecho de su muy notoria inexistencia, han fomentado la felicidad con la misma eficacia con que las navajas y los revólveres facilitan el crimen. El helicóptero, el submarino, la escafandra de Leonardo, pertenecen al mismo reino de máquinas felices que el globo en que Cyrano de Bergerac llegó a la Luna en el siglo XVII o aquellos árboles poblados de ruiseñores mecánicos que los emperadores de Bizancio instalaban entre los árboles verdaderos de sus jardines para deleite propio y asombro de los embajadores latinos. Y no importa que la improbable bicicleta que dibujó Leonardo sea una máquina inútil: prefigura las otras, las bicicletas futuras, las que sostienen con su equilibrio tan frágil a las muchachas que hacia 1900 veía pasar Marcel Proust por una playa nublada de Normandía y hoy pasan alguna vez ante nosotros por las calles de la ciudad. No es casual que tan delicado mecanismo lo inventase Leonardo: cuando una muchacha cabalga sobre ella, la bicicleta es la Gioconda de las máquinas.

LOS PÁJAROS

Sobre el horizonte azul pálido del Paraíso, sobre los árboles y las figuras como de cera de Adán y Eva, que miran la orilla de un lago de donde brotan animales extraños, Hieronimus Bosch, llamado el Bosco, pintó una bandada negra de pájaros en vuelo de vaticinio. Los pájaros, que despoblaron hace tiempo la literatura y el cielo sucio de las ciudades, obedecen en el azar de sus peregrinaciones una ley que tal vez aluda al orden del mundo y al tránsito de las esferas que habitan, y por eso los augures de Roma examinaban su vuelo para predecir el futuro. Son temibles los pájaros en multitud, los pájaros quietos y alineados sobre los cables del tendido eléctrico, como si la lejanía que los iguala en una cifra aritmética fuera la misma que nos vuelve a sus ojos muchedumbre de insectos sobre las hondas calles de las ciudades. En los cuadernos infantiles, en los libros que nos enseñaban una cándida geometría de manzanas enumeradas, los pájaros eran una metáfora de las cosas que se pueden contar y medir, un modo de sustentar la certeza de que la realidad se parecía a aquellos dibujos en colores donde todo paisaje era un resumen de la Arcadia: casa, río, dócil colina, árbol, pájaros perfilados sobre la línea recta de la caligrafía.

Pero yo recuerdo que algunas veces un pájaro extraviado cruzaba el balcón abierto de mi dormitorio y que mi pavor era entonces tan ciego como su locura: volaba en círculos incesantes, chocaba contra los cristales con un crujido de alas rotas, huía por fin cuando uno de sus círculos se prolongaba en los postigos abiertos o reptaba en agonía convulsa bajo las patas de la cama vencido por el asedio de techos bajos y esquinas aristadas como navajas. Había también, en las tardes de verano, pájaros muertos con los ojos como alfileres de vidrio y las garras levantadas y curvas que sólo en la muerte alcanzaban una transitoria individualidad. Los otros, los pájaros del atardecer y los libros, cruzaban en vuelo impune el aire de los tejados y los campanarios, pero eran la suma, el número, el escándalo entre las espesuras de los árboles, un atributo del tiempo tan previsible como los racimos blancos de las acacias o los vilanos que tan lentamente descienden y suben y luego van a posarse en el pavimento de las plazas igual que una nieve de polen. Cada año, sobre el balcón de mi casa, había un nido de golondrinas, y su aleteo contra los cristales me despertaba en la mañana de mayo con la misma cierta ternura de la luz amarilla y listada que venía del otro lado de las persianas para iluminar el aire. Pero yo ignoraba entonces que esas cosas eran la felicidad, del mismo modo que aquellas golondrinas colgaban sus nidos de mi balcón sin saber el desprestigio en que las había sumido la literatura.

Ahora los pájaros amanecen muertos en las calles. Dicen que es el frío quien los extermina, que la lluvia y la desolación de los amaneceres los confunden en pleno vuelo y no les permiten encontrar esas tardes de mayo que les anunciaba su instinto. Mueren, como cualquiera de nosotros, de un colapso cardíaco, y la muerte única de cada uno de los pájaros se agrega a la epidemia unánime que los arrasa a todos y los convierte en signo inverso de una primavera que nunca ha llegado a suceder. Como aviadores derribados, los vencejos se arrastran por las aceras de la ciudad con la primera luz del día y ya están muertos cuando las ruedas y las pisadas vienen para disgregarlos e hincar sobre el asfalto y los adoquines sus alas afiladas y grises como hoces.

Un pájaro solo es la sabiduría o un emisario del destino que ha venido para repetirnos *nunca más*, o un águila del orgullo que mira al sol con los ojos abiertos y desciende sobre la llanura para arrebatar a un muchacho desnudo que oficiará luego de copero en las estancias de un dios. Un pájaro solo es un rey desterrado de su dominio y aun de su propia figura, emblema de cualquier fábula y jeroglífico antiguo de la teología: en los tratados de estética del Renacimiento se explicaba que el águila es un pájaro sagrado, porque vuela solo y es el único ser vivo que puede mirar al sol sin que su luz le queme los ojos, y que el pelícano prefigura la pasión de Cristo, porque picotea sus propias entrañas para alimentar a sus crías. Un buitre atormentó y horadó a Prometeo y un cuervo fue, y acaso es todavía, prisión del alma del rey Arturo en los bosques de Inglaterra, un solo pájaro siguió cantando entre los árboles del Edén cuando ya nadie lo habitaba. Los pájaros que ahora mueren en la ciudad de una dolencia tan absolutamente moderna como el colapso cardíaco yacen sobre el barro despojados de toda gala mitológica: no son avisos de desastre, ni emblemas, como los del Bosco, del pecado o de las transfiguraciones de la alquimia, sino tachaduras de sombra que arañan y rasgan el cristal indemne tras el que miran el mundo los habitantes del Nautilus. Ese cristal que ahora, cuando termino de escribir, golpea el leve vuelo de los vilanos levantados en una tarde de mayo que se extinguirá en lluvia mucho antes de que hayamos presentido en ella el indicio de una absolución.

LOS OJOS DE VELÁZQUEZ

Si en algún lugar o catálogo del tiempo quedara memoria de cada uno de los instantes en que un hombre se sabe libre y poseído por una plenitud tan alta que nunca pudieron anunciársela sus más temerarios deseos, de tal modo que hubiera efemérides íntimas y a la vez generales de la felicidad, en todos los calendarios vendría señalado con la tinta roja de los domingos el día de 1656 en que Velázquez terminó de pintar *Las Meninas*, cuando, tras añadir una última pincelada de tenue oro a un brocado o un matiz a la penumbra del aire, retrocedió despacio para mirar el lienzo recién concluido limpiándose los dedos con el mismo gesto ausente y mediativo que tienen las manos de todas sus figuras. Manos quietas, suspendidas como agujas de reloj en la cima de un movimiento que acaba de iniciarse y no terminará nunca, manos posadas o atentas o dulcemente abandonadas sobre el terciopelo de un vestido y pupilas que parecen mirarnos desde la distancia melancólica de una conciencia que se mira a sí misma cuando las alumbra. Debió contemplar largamente el cuadro que era también un espejo de su propia mirada y de su figura y, acaso, cuando se disponía a salir del estudio donde lo había pintado, se detuvo en el umbral de la puerta y volvió la cabeza para mirarlo por última vez, complaciéndose en su simetría con el hombre que mira y aguarda borrosamente algo al fondo de la gran sala imaginaria.

Sabemos, por su autorretrato en *Las Meninas*, cómo miraban los ojos de Velázquez, pero ya no podemos ver lo mismo que vieron ellos aquel día de 1656. Como si hubiera ido cayendo un anochecer lentísimo sobre la pintura, su luz primera, de la que aún queda un rescoldo amarillo tras el hombre detenido en la puerta, se ha amortiguado con el paso del tiempo hasta sumir a las figuras en una penumbra de habitación con los postigos entornados: el pintor, la infanta rubia, la camarera absorta que la circunda con las manos posadas en el guardainfante, nos siguen mirando con una fijeza que ahonda más allá de nosotros, pues descubren, al otro lado de nuestra presencia traslúcida, las miradas de otras generaciones futuras que acudirán a esas salas del Museo del Prado cuando estemos muertos, pero la sombra remansada en las esquinas de la habitación y en los cuadros que se vislumbran sobre sus muros ha velado los ojos y roto la inmovilidad del tiempo presente que parecía salvado por la duración del lienzo y la sabiduría de los pinceles. Tras el cristal de urna o acuario, tras el límite entre nuestra mirada y las horas sucedidas desde un día de hace trescientos veinticinco años, el tiempo, la noche, la oscuridad, han urdido una invasión de pesadumbre que anega el límpido espacio pintado y abierto por Velázquez del mismo modo que algunas veces, cuando aún es de día, la soledad y la desidia y las cortinas cerradas nieblan la tarde y nos derriban sobre la cama desecha y los propósitos perdidos. Permanecemos inmóviles, testigos del reloj, de la noche creciente, y al asomarnos a un espejo nuestra mirada es distante y lúcida y tiene el antifaz de indagación sombría que el óxido y la erosión del aire han añadido en *Las Meninas* a los ojos de Velázquez.

He dicho que el lugar donde esas cosas se revelan es inalcanzable: los gestos que están a punto de ocurrir, los rostros que ahora mismo se vuelven para mirarnos o mirar a los reyes cuyas siluetas se reflejan en un espejo empañado. Pero un hombre, cuentan los periódicos, está ahora mismo recluido en una sala del Prado sin otra compañía que *Las Meninas* y los muros vacíos para devolverle al cuadro la claridad que tuvo no en 1656, que para eso hubiera sido precisa la Máquina del Tiempo, sino hace, modestamente, cincuenta años, cuando el aire de las pinturas y de las calles aún no había sido corrompido por motores y muchedumbres, cuando todas las lejanías azules eran aún tan transparentes como las sierras que se divisan en los paisajes de Velázquez. Como quien trae una apaciguadora luz a la habitación en sombras, como quien descorre una cortina cuidando que no ocurra un súbito deslumbramiento, sino una iluminación gradual que devuelva poco a poco a las cosas su verdadera apariencia, así el restaurador de *Las Meninas* va limpiando el lienzo de la oscuridad que le añadieron tantos años de abandono y de la herrumbre que lo vela como una pátina amarilla. Cada mañana viene desde las calles donde los otros cumplen sus usuales oficios, abre una puerta y camina solo hacia el final de un túnel. Lo aguardan las manos quietas o suspendidas, las pupilas fijas en su soledad, el espacio oscuro que de tanto mirarlo ya se disuelve en el aire que respira. Aparecen grises, nacarados y platas que no se podían ver, explican testigos que han podido contemplar la restauración de *Las Meninas*, que presencian la inédita luz del cuadro rescatado del tiempo. Pero no es un cuadro, ni siquiera una precisa luz, lo que recobraremos cuando el restaurador haya concluido el trabajo, sino la serena felicidad que tuvieron los ojos de Velázquez un día nunca conmemorado de 1656. Ningún hombre ha vuelto a merecer tanto orgullo.

OH LUNA COMPARTIDA

La luna es un reloj y un rostro lejano y el nombre de la luna, con sus vocales de blanco frío y verde y gris como de bronce y sus consonantes que en cualquier idioma en que se las pronuncia son el silencio de la luna nocturna, o nocturnal, palabra tan desmesurada y hermosa que sólo se han atrevido a usarla los poetas modernistas. La luna es una cosa alta y sola y la mágica palabra inglesa *moon*, que resuena al fondo de la garganta como en la umbría de un pozo y contiene en sí misma dos lunas iguales de tipografía que recuerdan o anuncian aquella doble luna que según ciertas profecías apócrifas se verá en el cielo cuando esté a punto de terminarse el mundo. Pero su existencia y su condición de diosa son seguramente anteriores a todas las palabras, y desde el tiempo en que unas pupilas humanas la divisaron por primera vez atraviesa la poesía y la imaginación con la misma velocidad de tren expreso con que surca el cielo nublado en las noches de viento, huyendo inmóvil y solemne como un Nautilus de los mares celestes, huyendo vacía como el Buque Fantasma. Así se refleja en los lagos helados de su propia luz y en los pisos más altos de los edificios de cristal, que son el cielo donde los ascensores suben a buscarla, habitados por viajeros lunáticos que sólo pueden medir la lejanía de su ascensión mirando los relámpagos rojos que señalan sucesivamente los números de los pisos y el tamaño como de fosa que va adquiriendo el vacío bajo sus pies.

En las notas de sociedad de un periódico leí hace algún tiempo que existía un título nobiliario digno de Ludovico Ariosto y de aquel astrólogo danés, Tycho Brahe, cuyo nombre designa un océano lunar: hay alguien que posee el título de duque de las Montañas de la Luna, lo cual es un atributo tan espléndido como llamarse vizconde de Lautréamont o arzobispo de Babilonia, y lleva consigo una pesada dignidad de la que tal vez no esté ausente la propensión a la locura, a esa clase de desvarío e insomnio que, según se sabe, depara la indiferente luna a quienes la miran y acaban por descubrir que es ella quien los está mirando exactamente igual que miran los gatos y las estatuas egipcias y algunas mujeres cuya belleza linda con el irreparable desconsuelo, más dura que el mármol a las quejas y al encendido fuego en que desde Garcilaso vienen quemándose los enamorados sin fortuna. *Más helada que nieve*, pues no sin motivo la llamaron sol de los muertos, la luna nos despierta a veces en su cénit nocturno con una voz de sirena que sólo puede escuchar quien está dormido, quien abre entonces los ojos y contempla en una esquina de la ventana abierta el gran círculo blanco que presenciaba su sueño y parece invitarle a salir a la calle, donde, a esa misma hora, los sonámbulos se cruzan con inclinaciones de cortesía y miran las luces apagadas de los semáforos esperando a que surja en ellas la contraseña de la luna con la misma mansedumbre que los agrupará bajo la luz del día en el filo de las aceras, en las paradas de los autobuses. Hay quien cierra la ventana y vuelve a la madriguera del sueño para eludir el maleficio de la luna, pero ella sigue ahí, quieta y sabia frente a los postigos cerrados y tan pálida en su asedio como las vampiras que en las antiguas películas de terror rondaban enamoradamente el lecho del caballero dormido sin decidirse todavía a retirar el embozo para que sus labios rozaran despacio el cuello que apetecían.

La Luna de las noches deshabitadas, que algunas veces, posada bajo las aguas, alumbró al capitán Nemo cuando salía del Nautilus vestido con su armadura de buzo y sus zapatones ingrávidos de astronauta submarino, es más envenenadora que la luna culta de los libros, pero ha tenido en ellos una celebridad, exagerada luego por el cine, que casi nunca alcanza la plácida luna amarilla de las tardes de verano, diosa menor que suele suceder casi al mismo tiempo que el perfume de los tilos y las heladerías recién abiertas. Es amarilla o rosa, como los helados, y tiene la misma consistencia tibia del aire de la ciudad, y aparece de pronto en la cima de los tejados y en el final de una tarde donde nada anuncia la cercanía de la noche, porque la tarde de verano no es una hora de tránsito hacia la oscuridad, sino un estado suspendido del tiempo en el que perdura más acá de todo espejismo la plenitud de las cosas, la hospitalidad de los cuerpos levemente vestidos y de las ciudades con veladores en las plazas y avenidas que terminan en un paseo frente al mar. La pública, la azarosa luna de los atardeceres de verano, surge siempre sin previo aviso, como un rostro deseado, y se pierde luego tras los aleros de las calles igual que una sonrisa se desvanece en la multitud. Cuando vuelve, alta en la noche, es ya la otra luna, la desconocida, la que atestigua y espía y mide el tiempo sin agujas del hombre solo que la mira tras las ventanas circulares como si mirase el rostro que se refleja en ellas.

INVITACIÓN A JAMES JOYCE

Sin él, sin su libro que murmura y crece como un mar porque es el océano de todas las palabras, nunca hubiéramos sabido advertir que cada mañana, cuando salimos a la calle, estamos iniciando el viaje de Ulises, no hacia Ítaca, que no existe, sino hacia el torvo Hades de las oficinas y la conciencia de inutilidad o perdición que algunas veces nos gana en el instante justo de encender un cigarrillo o apurar una cerveza. No sabríamos, por ejemplo, que la ninfa Calypso, maquillada y sola, mira la calle, nos mira, tras el cristal de una tienda de lencería femenina, que el alcohol y la incrédula capitulación de todas las noches, cuando la puerta se abre y no hay nadie ni nada que venga a recibirnos, es el regreso del peregrino griego que recorre al cabo de veinte años las calles de su ciudad enmascarado de mendigo y no acierta a encontrar el camino que lo conduzca a su casa. Por eso recordar a James Joyce cada vez que se acerca el 16 de junio es algo más que una conmemoración: es uno de esos pocos ritos necesarios que tienen la virtud de explicarnos el mundo en el relámpago de una metáfora, en la sola imagen de un hombre que el 16 de junio de 1904 sale a la calle despeinado y vulgar para comprar un riñón de cerdo en la carnicería de la esquina.

Lo invoco ahora, cuando el día está tan próximo, cuando el verano ha traído sin previo aviso la belleza hostil de un país extranjero y el Nautilus es un lugar oscuro cuyas estancias vacías siguen varadas en el invierno. En cualquier esquina es posible descubrir a James Joyce, fantasma de todas las ciudades y todas las literaturas, su efigie pálida, de pelo tenso, de afilado perfil, de abandonada elegancia, su apostura de flaco hidalgo irlandés en perpetua discordia no con gigantes de cabeza de odre y tempestuosos brazos de molino, sino con la ceguera que lo acuciaba y el destierro y las palabras que lo nombran todo y que sólo algunas veces se ciñen a la forma apaciguadora de un libro.

Sesenta y dos años después de que se publicara *Ulises*, se anuncia una nueva edición que está a punto de aparecer en las librerías de Inglaterra y en la que un grupo de eruditos, trabajando en ella durante más años de los que tardó Joyce en terminar su obra, han corregido, dicen, más de cinco mil errores. Han revisado una por una todas las páginas de la novela, con el auxilio de un ordenador insomne, han examinado los sesenta y tres volúmenes de hojas manuscritas donde se reúnen los borradores de Joyce, las tachaduras, las oblicuas anotaciones que tal vez ni él mismo hubiera podido descifrar, la escoria de tentativas y palabras que va quedando siempre a un lado de la escritura y es el testimonio de las horas gastadas en una celebración que exige el sacrificio de quien quiso oficiarla. Y así, el libro, que está naciendo a cada instante en una multitud de gentes solas en todos los lugares y en todos los idiomas del mundo, crece como un bosque o un mar en su propia materia y cumple el designio que le señaló la soberbia de James Joyce. Pues quiso ser todo para todos los hombres y dejó escrito que aspiraba a que sus lectores consagraran su vida entera a descifrar el *Ulises*, con la atención, con el devoto asombro, con que un niño lee una tras otra las palabras ordenadas de un diccionario y pronuncia su dulce sonoridad ajena a todo sentido mientras desliza el dedo índice como un astrolabio por las páginas.

Abraico, abramante, abrasar, abravanel, abrazo, ábrego: aún leo, como entonces, los diccionarios, eligiendo al azar el punto de partida y dejándome conducir por una cadencia muy semejante a las variaciones de una frase musical, y al hacerlo confirmo siempre dos antiguas sospechas: que en esos libros hay contenidas muchas más cosas que en la realidad, que en la literatura de cualquier idioma pueden contarse muy pocas obras maestras tan definitivas como sus diccionarios, grandes baúles que uno abre para exhumar las cosas y enumerarlas y nombrarlas sin otro propósito que la confirmación de su existencia. Gustave Flaubert, que se recluía para escribir en una soledad no menos irrevocable que la del capitán Nemo, imaginó, y no se atrevió a escribir, un libro en el que no sucedieran más que las palabras, del mismo modo que muchos años después ciertos pintores audaces vindicaron el derecho a no representar sobre el lienzo sino el puro acto de la pintura. James Joyce, renegado de su patria, de un mundo visible cuyos contornos lentamente desdibujaba una ceguera alimentada por el alcohol, hizo un libro que vuelve triviales las mitologías al revelar el vínculo que las une a nuestra propia vida y a las ciudades que habitamos. No importa Ulises, pero tal vez tampoco importe Leopold Bloom y ni siquiera la sombra que lo sustenta, cualquiera de nosotros, James Joyce. Importan sólo las palabras y la felicidad de pronunciarlas y escribirlas, pues el dolor, a veces, no consiente una hora de tregua y la soledad es más ilimitada que las ciudades y los mares, pero un libro, aun al cabo de ocho años y sesenta y tres volúmenes de desesperados borradores, tiene el orden arcádico de los diccionarios y permite la serena rendición sin culpa del punto final, que es la Ítaca de quien emprendió tal viaje.

DEDICATORIA

Diré al final que el capitán Nemo nunca ha estado solo, que hay un fantasma en el Nautilus: testigo atento, no del todo o no siempre acogido al silencio, a la oscuridad anónima, dotado de la misma cualidad de presencia ausente que tienen los personajes de ciertos cuadros antiguos, de algunas fotografías que no es preciso mirar para saberlas pálidamente adivinadoras y espías, brújulas de navegar el olvido. Está o habita donde nadie lo ve, donde no hay nadie, justo al filo de la mirada que lo busca, a espaldas de Nemo, cuando escribe en su salón tapizado y desierto, o acaso en la última butaca del gabinete de imaginar películas o apostado tras un recodo de la biblioteca, escuchando la misma música a la que Nemo se entrega con los ojos entornados junto al fonógrafo cuya bocina tiene forma de loto azul, de caracola de poliéster. Paciente, cauto, con un sigilo como de reloj o de estatua, el testigo presencia la crecida de la música y de las voces invocadas y el caudal mecánico de la escritura, y a veces, cuando se detiene la máquina y la aguja gira reiterada y estéril al final de una canción, él ya sabe qué letra será la primera que pulsen los dedos suspendidos y qué palabra rasgará y abrirá de nuevo el porvenir de lo aún no sucedido ni escrito, que es imposible siempre, una tentativa de pasos sobre la cornisa de la nada.

Hay un fantasma en el Nautilus y un lector conjetural, necesario, exacto, desconocido, que está del otro lado de las palabras como detrás de uno de esos espejos desleales que permiten espiar a quien se encuentra solo y no sabe que su mirada ciega está fija en las pupilas de otro hombre. Uno prepara sus cosas, no exactamente para escribir, sino para reconocerse en algunos gestos menores, abre la máquina, sitúa pulcramente el papel en el punto de partida, vierte en la copa la justa dosis de alcohol, de hielo, de desidia, y desde ese instante la soledad cobra la forma de un rostro y la literatura se vuelve carta sin destino y renegada confesión, porque el testigo, su sombra, ha venido a sentarse al otro lado de la mesa, y apoya en ella los codos y sonríe como si tomara posesión de la escritura y de la copa y del Nautilus entero, ya anfitrión, no huésped, ya dueño y juez de lo que uno todavía no ha escrito.

En el cristal del espejo, en el no menos delgado muro del papel escrito, sucede la cita de dos voces que se desean y se ignoran, y las manos extendidas buscan la lisa equivalencia de las otras manos, cobardes en la oscuridad, como si tantearan en ella indagando aristas y hostiles zanjas del aire mientras quieren hallar el contorno reconocido de un rostro. «Un cuerpo —escribió para siempre don Pedro Salinas—, es el destino de otro cuerpo», un libro, estas palabras que escribo, no importan si no hieren y aciertan como una daga en el corazón de esa sombra que es el lector futuro, el deseado testigo y cómplice que me mira desde la silla vacía o viene en mi ausencia a visitar las estancias del Nautilus. Estas palabras no me importan si no son el destino y la íntima posesión de alguien que existe y camina ahora mismo por una ciudad o una calle que no he visitado nunca, y me reconoce al recibirlas.

Miente quien dice no escribir para nadie, quien dice hacerlo para su solo placer o suplicio. Es posible que la literatura, como ha escrito Jaime Gil de Biedma, acabe pareciéndose al vicio solitario, pero yo prefiero imaginarla como un juego y una persecución regida por la cábala del azar. Uno escribe y aguarda, uno tiende al lector su cita, su celada de palabras asiduas, minuciosamente lo inventa igual que a una cierta edad inventaba los perentorios rasgos de la mujer que sin duda iba a concederle el destino. Sale a la calle, del todo ajeno a mi conciencia, compra el periódico, distraídamente lo abre sobre la mesa de un café, o acaso él también ha deseado y buscado y entonces la cita ya posee de antemano los atributos del reconocimiento, el culminado deleite de la persecución.

Para ese lector único y plural ha existido el Nautilus, para que otra voz, no la mía, inerte a su propio sonido, lo reviviera del silencio, de ese abandono de mensaje arrojado al mar en el que va a extraviarse la literatura cuando uno la aparta de sí como lastre o légamo en el que se le enredaba la imaginación ya ansiosa por alcanzar no roturados paisajes de papel en blanco. Un cuaderno escrito hasta su última página, un buque que está en una ciudad y en un libro, un hombre solo, tal vez, que eligió llamarse nadie y vivir bajo las aguas como quien se recluye y embosca tras la apariencia de su propia mirada y de su propio rostro conocido y extraño. Sabe que en alguna parte, muy cerca o al otro lado del mundo, hay un fantasma, un testigo, un cómplice de su soledad y su locura, y se sienta a esperar, a oír el silencio o los pasos cercanos, mirando fijamente la puerta que sin duda va a abrirse y las esquinas de los corredores donde puede surgir la figura deseada.

Este libro ha sido impreso en los talleres
de Novoprint S.A.
C/ Energía, 53 Sant Andreu de la Barca
(Barcelona)